I0749660

Eurydice Reinert Cend

Les amazones du Knoryl

(tome 3)

Le Pacte

ISBN : 978-2-36331-146-7
EAN : 9782363311467

www.euryuniverse.net

« Le respect est ce que nous devons.
L'amour est ce que nous donnons. »

Philip James Bailey

« C'est à celui qui domine sur les esprits par la force de la vérité, non à ceux qui font les esclaves par la violence, que nous devons nos respects. »

Voltaire

« Si tu étais dieu, je préfèrerais ne jamais exister.»

Eurydice Reinert Cend

Remerciements

À nouveau, un immense MERCI à mon ami Juan Miguel Aguilera, maître incontesté du roman fantastique et du genre historique, également illustrateur, pour sa grande gentillesse et pour sa générosité si appréciable. Ce roman doit beaucoup à son génie créateur, gentiment mis au service de cette œuvre trilogique pour laquelle il a réalisé chacune des trois superbes couvertures.

MERCI, vraiment, à Patrick Fischer Naudin, écrivain de grande renommée, pour la préface des plus touchantes qu'il a écrite concernant cette trilogie, dans ce troisième volume.

MERCI, du fond du cœur à mon ami Michel Van Leeuw, pour sa grande générosité de cœur. Sa relecture efficace, ses conseils et son intérêt pour mes écrits m'aident énormément.

Un grand MERCI à Lucie Bourgeois pour sa relecture perspicace et pour sa présence amicale.

Chère Lucie, cher Michel, cher Patrick, votre aide m'est précieuse, autant que vos retours enthousiastes, si encourageants, et votre amitié. MERCI à vous.

Merci aux amis de toujours comme à ceux plus récents, votre présence et votre amitié m'importent véritablement.

Chers amis lecteurs, merci à vous du fond du cœur ! Vous êtes du nombre des braves qui osent encore l'aventure littéraire avec les auteurs peu médiatisés qui avancent, malgré tout, toujours, avec la passion de l'écrit au cœur.

Préface

« Magie des mots. Magie de la prose lyrique d'Eurydice Reinert Cend, qui sait mieux que quiconque nous emmener dans des mondes lointains et mystérieux. Avec la trilogie intitulée ***Les amazones du Knoryl,*** dont le troisième volume est proposé ici à la lecture, elle nous fait découvrir l'univers exaltant des Amazones. Elles paraissaient être un mythe qui intriguait et fascinait. Mais sous la plume d'Eurydice, leur monde devient réalité, une réalité que nous allons partager en retenant notre souffle, tant l'histoire de Laskyl, cette reine qui s'unit à Jakul, le dieu de la mer, en des étreintes fusionnelles, autant que celle de la reine Blisskiss et de sa fille Ankora sont prenantes.

Le lecteur comprend mieux alors la philosophie de ces farouches guerrières qui étaient prêtes à donner leur vie pour défendre leur idéal de liberté, pour affirmer cette volonté de s'affranchir du joug des hommes.

Oh qu'il est beau le style d'Eurydice Reinert Cend, à la fois onirique, poétique et pourtant très visuel, et comme il se prête bien, ainsi que son talent de conteuse, à ce voyage au royaume du Knoryl, à ces courses en mer avec les Amazones sur leurs étonnants bateaux. Grâce à son souci du détail et à ses connaissances sur les Amazones, c'est tout l'univers de ces femmes sans hommes qui nous est révélé, avec d'étonnantes scènes de vie.

Eurydice Reinert Cend est elle-même une amazone qui, fièrement dressée à la proue de son vaisseau littéraire, nous entraîne sur les flots tumultueux, à l'instar de la vie des Amazones, à travers les aventures haletantes vécues par ses héroïnes des Amazones du Knoryl. »

Patrick FISCHER NAUDIN

« Spécialiste des problèmes économiques et de développement, **Patrick FISCHER NAUDIN** a vécu en Afrique de l'Ouest, au Canada et en Guyane.

Il a parcouru l'Europe, l'Amérique du Nord, l'Amérique du Sud et l'Asie du Sud-est.

Conférencier, auteur d'ouvrage historiques et d'études économiques, il aborde dans ses livres des sujets d'actualité. Il se consacre au récit et au roman depuis une dizaine d'année.

Patrick FISCHER NAUDIN aime faire partager sa passion pour les pays oubliés. »

Source de ce mini texte biographique :

http://www.service-dulivre.be/sll/fiches_auteurs/f/fischer-naudin-patrick.html

Site Web de Patrick Fischer Naudin :

http://patrick-fischer-naudin.fr

Auteure-conférencière, poétesse, romancière, essayiste, parolière et conteuse, membre de la SACEM et de la SOFIA

Biographie

Eurydice Reinert Cend est née au Bénin en 1969. Elle obtint son baccalauréat à New-York, U.S.A., où elle séjourna pendant 3 ans et réside en France depuis 1991.
Titulaire d'un DESS en Communication Multimédia et d'une maîtrise en Business Management, elle écrit depuis l'âge de quatorze ans et explore divers genres littéraires dont la poésie, le conte, la nouvelle, le roman et l'essai… Eurydice Reinert Cend a publié plus d'une trentaine de livres depuis 2005. Auteur-conférencière, elle est également membre des associations littéraires suivantes : **l'ADILL**, la **Sofia, la Société des Auteurs Francophones.** Eurydice a été choisie en tant que membre du jury de **la Fondation SNCF** pour la lutte contre l'illettrisme de 2012 à 2014.

Voir le site Internet pour plus d'information concernant ses œuvres littéraires et sa revue de presse : http://euryuniverse.wix.com/euryuniverse

www.euryuniverse.net

Bibliographie

Aux éditions Euryuniverse :

- *Les amazones du Knoryl, Vol.2 Souviens-toi, (roman), 2015*
- *Les amazones du Knoryl, Vol.1 L'escapade rituelle, (roman), 2014*
- *Sous le baobab, écoute : Contes et légendes d'Afrique Vol.3, 2015*
- *Traits d'union (poèmes), 2014*
- *Sous le baobab, écoute : Contes et légendes d'Afrique Vol.2, 2012*
- *Baudelaire est mort, vive le poète, (livret d'opéra), Euryuniverse éditions, juin 2012*
- *Maman, comme un doux chant,* (recueil de poèmes), 2012
- *Pourquoi moi ?* (roman), 2011
- *Sous le baobab, écoute* : Contes et légendes d'Afrique Vol.1, 2010
- *L'impérissable quête Vol.2 : L'héritage de Yohanan,* (roman), 2010
- *L'impérissable quête Vol.1 : M'aimeras-tu ?* (roman), 2010
- *Le droit d'aimer,* (roman), décembre 2008
- *Parfums d'éternité,* (recueil de poèmes), novembre 2007
- *Elle, Ode à la femme et à l'amour,* octobre 2007
- *N'ayons pas peur,* (essai spirituel), octobre 2007

- *Contes d'aujourd'hui et de toujours,* novembre 2007
- *La vie en poésie,* (recueil de poèmes pour la jeunesse), novembre 2007, réédité en novembre 2009
- *Renaissance dans le CHRIST,* (témoignage), 2006
- *Les chansons d'Eurydice,* (recueil de poèmes), 2006
- *L'œil,* (recueil de poèmes), 2005
- *Pépé Reinert, un centenaire visionnaire,* (biographie), 2003
- *L'abécédaire de l'Amour pour Elle,* (guide relationnel), novembre 2009
- *L'abécédaire de l'Amour pour Lui,* (guide relationnel), novembre 2009

www.euryuniverse.net

Lexique :

Kozkoz : lieu reculé d'emprisonnement
Jakul : le dieu des eaux
Tchankrol : l'homme par qui le malheur arriva
Kongdaz : général et sage
Zolzohar : chef des sages
Hamjojan fils de Hamjan : l'accusé
Kokza : le général du poste de commandement
Laskyl : fille du général
Gulgujar : chef des hordes barbares
Sylsila : brave ancêtre ayant sauvé les siens en offrant une danse de soumission
Zazla : la vieille femme qui soutient la reine, de bonne heure
Honmin : le palais des sages

Vorzaz : le nouveau doyen des sages
Le Guelta : une île inhabitée

Prologue

Autrefois, il y a bien longtemps de cela, dans le paisible royaume du Knoryl, tout n'était qu'harmonie et paix. Hommes et femmes vivaient de façon agréable et nul ne songeait à en imposer aux autres d'une quelconque manière. La vie s'écoulait sereinement dans le cours ininterrompu du temps, qui semblait lui-même complice de la douceur de vivre enviable qui prévalait alors sur cette immense île éloignée des continents.

Mais rien ne dure jamais éternellement. Un homme du nom de Hamjojan se mit à ressentir un terrible ennui, qui finit par le rendre aigri et hargneux. Malheureusement, au lieu de s'éloigner de ses congénères le temps de se ressaisir, comme le recommandait alors l'usage, il demeura au milieu d'eux et se mit à répandre sa bile vénéneuse. La contagion fut bien plus rapide que celle relevant de ces êtres invisibles à l'œil nu, alors considérés comme des esprits mauvais pouvant grandement nuire, sans qu'on les ait vus venir.

Aussi, lorsque par un beau matin Knoryl s'éveilla aux hurlements d'une femme se lamentant sur la grande place attenante au palais des sages, ce fut la consternation. C'était déjà le début de la fin.

Le pacte, troisième volume de la trilogie ***Les amazones du Knoryl,*** constitue en réalité le point de départ de l'épopée des femmes guerrières d'une île imaginaire. À travers cet ouvrage, l'on découvre pourquoi ces femmes finissent par se rebeller contre l'ordre des choses, prenant en main leurs destinées de façon déterminée, afin de s'assumer pleinement.

Ce roman, dans son intégralité, offre une vision imaginaire, néanmoins documentée, de la vie des amazones ayant réellement existé aux quatre coins de la planète, en diverses périodes de notre humanité.

Sur la place centrale du Knorylsea, les premières lueurs de l'aube trouent le ciel au-dessus de la cité encore endormie. Le calme ambiant semble immuable. Rien de particulier ne vient jamais troubler le cœur des habitants de cette île paisible, depuis des lustres. Soudain un cri saisissant, saturé d'une douleur crue, vient transpercer le silence, se faisant entendre d'aussi loin que puisse porter la voix. Une femme assise par terre, les mains tendues vers le ciel, pleure et hurle sa peine, interrogeant l'espace vide et livide par-delà les nuages. Elle semble questionner l'invisible sur ce qui peut bien justifier sa souffrance, invoquant la justice des hommes et celle des dieux. Un sage l'entend et s'approche d'elle à grands pas, puis il s'agenouille auprès d'elle :

- Femme, que t'arrive-t-il donc pour que tu sois dans un tel état de désarroi ?

- Je suis maudite, mon vénérable père, je suis maudite, sinon, dites-moi pourquoi serais-je la seule femme de tout Knoryl à me plaindre des mauvais traitements de mon propre mari, qui m'a mise dans l'état où vous me voyez ? Ce disant, la dame écarte les pans du voile dont elle s'est recouverte afin de dissimuler son malheur à la vue.

Effectivement, son visage boursouflé affiche de larges plaques sombres et sa lèvre fendue saigne encore. Tout son corps endolori se tasse comme pour contraindre la douleur à moins l'assaillir et le moindre mouvement qu'elle fait semble la supplicier davantage. Le sage secoue instantanément la tête de gauche à droite, plus d'une fois, n'en revenant pas de ce spectacle inimaginable en ces lieux, en ce temps éloigné. Le beau paradis de leurs aïeux vient de ternir d'un seul coup par le biais de cet acte odieux commis par l'un des leurs.

- C'est ton propre mari qui t'a fait cela, me dis-tu ?

- Je le jure, par tous les dieux, c'est bien mon mari qui m'a mise dans cet état déplorable que n'ose éclairer la lueur du jour, de peur d'en arriver à maudire le genre humain, tout entier.

- Eh bien, il en sera sévèrement puni, je t'en donne ma parole. Nul n'a le droit de s'en prendre aux autres sur notre paisible terre du Knoryl. Par conséquent, cet homme devra répondre de ses actes détestables devant tous.

Le sage donne la main à la femme et l'aide à se relever sous les regards ahuris des badauds qui se sont assemblés autour d'eux depuis un moment. Il la reconduit chez elle, sous l'escorte de deux gaillards et y trouve le mari, paisiblement attablé pour le premier repas du jour.

La plaignante habite dans une bâtisse modeste mais confortable, située à flanc de coteau, à une demi-heure de marche de la place sur laquelle elle se lamentait. Par une petite cour en forme de U, le sage y précède la maîtresse de maison, qui ressemble alors davantage à une esclave saisie de terreur, par crainte d'une éventuelle brimade. L'homme frappe deux coups secs et forts sur le battant de la porte entrouverte qui laisse filtrer la clarté du jour naissant et entre, sans attendre d'être invité.

- Paix sur cette maison, offre-t-il en guise de salutation, tout en pénétrant dans la pièce à vivre, sans déroger aux bonnes manières, malgré la gravité des faits.

- Paix sur vous, sage ! Que me vaut l'honneur de votre présence sous mon toit ? l'accueille aimablement le maître de maison, tout en continuant à mastiquer la galette à base de tubercule qu'il vient de tremper dans du miel. L'assiette posée devant lui contient un peu du doux nectar des ruches, plusieurs galettes bien fermes ainsi que des figues sèches. Un bol de bouillie d'orge, déjà entamée, se trouve également sur la petite table basse en bois, à trois pieds, sur laquelle l'homme déjeune. Une lampe à huile à la mèche plus que consumée, reposant à même le sol, brûle encore faiblement dans un coin de la pièce. Sa flamme vacillante éclaire l'angle mort de cette salle rendue inaccessible à la lumière du jour par la porte entrebâillée.

- Tu oses parler d'honneur, toi qui n'as pas hésité à lever la main sur ta femme ? l'interpelle le sage, en désignant du doigt celle qui se tient toujours cachée derrière lui, comme pour se soustraire à la vue de son époux.

- Si j'ai agi ainsi, c'est bien parce qu'elle m'y a poussé ! Demandez-le-lui vous-même.

À ces mots, la femme qui s'était un peu calmée se remet à sangloter de plus belle. Le sage garde son calme, bien qu'il enrage de l'intérieur :

- Quel toupet, mon ami, quel toupet ! Tu viendras comparaître devant le conseil dès demain matin pour ce que tu viens de faire. Il s'agit d'un manquement grave à l'ordre public et cela ne saurait rester impuni, le tance-t-il d'une voix réprobatrice. Puis, se tournant vers la femme :

- Femme, souhaites-tu demeurer sous ce toit où veux-tu que je te conduise ailleurs puisque ta sécurité en ces lieux semble compromise ?

- Je préfère retourner dans la maison de mes parents où se trouve toujours ma mère.

- Soit, partons !

Le lendemain matin, à l'heure où le soleil entame son ascension au zénith avec une fougue formidable, l'homme se tient effectivement devant les treize hommes constituant le conseil des sages. Le treizième d'entre eux, le chef, tranche en cas de difficulté majeure à départager les voix lors des votes concernant la gestion des affaires du royaume.

Les sages écoutent l'accusation du vénérable à l'égard de l'homme fautif :

- Hier matin, l'épouse de cet homme se trouvait en larmes sur la grande place, en appelant à la justice contre la violence dont son propre mari venait d'user à son égard. J'ai été à sa rencontre et je l'ai écoutée et constaté qu'elle portait malheureusement sur elle des traces de coups et blessures. L'ayant reconduite chez elle, j'ai questionné son époux, qui n'a pas démenti les faits mais s'est contenté de retourner l'accusation contre celle qu'il a salement malmenée. Aussi, ai-je convoqué le fautif afin qu'il réponde de ses actes devant le conseil.

- Homme, décline ton identité ! le somme dès lors Zolzohar, le chef des douze.

- Je suis Hamjojan To, fils de Hamjan To et de Zélia Fahn, annonce aussitôt celui-ci, d'une voix forte et claire.

- Hamjojan, donne-nous les raisons de ton agissement que nous avons du mal à comprendre ? l'interroge à nouveau le sage.

- Eh bien, mon épouse n'est qu'une mégère impertinente et sotte !

- C'est-à-dire… ?

- Elle n'a cessé de me contrarier à propos de tout et de rien ces derniers temps, allant jusqu'à me donner tort dans une affaire délicate qui m'oppose à l'un de mes amis et dont je lui ai fait confidence. Si un homme ne peut plus compter sur la confiance de son épouse, où va-t-on… ?

- Si je comprends bien, tu as fini par tabasser ta propre femme, simplement parce qu'elle n'était pas toujours d'accord avec toi, lui demande encore le doyen ?

- C'est ça, mon vénérable… elle m'a poussé à bout !

- Te rappelles-tu des règles du Knoryl en ce qui concerne le respect des uns et des autres ? l'interroge-t-il encore.

- Oui, mon vénérable !

- Et, selon ces mêmes règles, t'est-il permis d'agir ainsi, en usant de la force vis-à-vis d'autrui, quel qu'il soit ?

- Non, mon vénérable

- Alors, pourquoi l'avoir fait ?

- Parce que je me suis senti acculé par les propos de mon épouse, qui m'ont profondément vexé, et je n'ai pu contrôler davantage la violence qui bouillonnait en moi et exigeait réparation !

- Te sens-tu soulagé, à présent que cette violence s'est exprimée à travers les coups que tu as portés à ton épouse ?

- Je me sens bien mieux, je l'avoue. Je pense surtout que mon épouse n'osera plus me contrarier à l'avenir.

- Hamjojan, nous t'avons attentivement écouté et nous comprenons à présent pourquoi tu t'es livré à des agissements de nature aussi regrettable envers ton épouse. Toutefois, pardonne-nous de ne pas partager ta conviction à propos du bien-fondé de cet acte que nous condamnons au plus haut point. Comme chacun le sait au sein de ce royaume, même les enfants en âge de comprendre l'essentiel, nul ne doit porter atteinte à la personne d'autrui, de quelque manière que ce soit. Tu as frappé ta femme, bafoué ton honneur et honni le sein contre lequel tu allais retrouver félicité et chaleur… Comment veux-tu qu'elle te le pardonne, si tu persistes à l'accabler au prétexte qu'elle fait preuve de manquements à ses devoirs, tandis que toi-même, tu es loin du compte ? Va attendre notre verdict à l'extérieur. Nous te ferons appeler après avoir délibéré ! ordonne Zolzohar avant de se tourner vers ses pairs.

Une fois Hamjojan sorti, les treize débattent de l'affaire qui vient de secouer les fondements même de la paix enviable qui règne à Knoryl depuis plusieurs centaines d'années.

- Les faits en question sont graves et, si nous les laissons impunis, ce sera comme ne pas combler une faille dangereuse dans l'édifice de nos valeurs. Il y va de la sécurité et du bien-être de tous. Je propose que l'on contraigne cet homme à l'isolement pendant une dizaine de jours, puis de l'obliger à effectuer des travaux d'intérêt public sur une autre durée égale à la première, annonce le chef avant de questionner l'assemblée :

- Qui a une autre idée ?

- Je suis d'accord avec toi sur le principe de ne pas affaiblir nos valeurs. Rendons-nous compte, toutefois, que le fait de punir cet homme aussi sévèrement pourrait également engendrer un malaise non souhaitable entre hommes et femmes, dorénavant ! s'inquiète l'un des membres du conseil.

- Cela est bien vrai, surtout en raison de l'agitation inhabituelle qu'on peut constater chez certains de nos semblables de sexe mâle depuis quelque temps, surenchérit un autre.

- Mais à quoi est-elle liée, cette agitation, quelqu'un peut-il me le dire ? s'enquiert encore Zolzohar.

- Cela, nul ne le sait vraiment. Seulement, on voit de plus en plus d'hommes s'emportant pour peu ou se plaignant de tout, sans raison valable. On dirait qu'un mal subtil les ronge de l'intérieur.

- Qu'en disent donc nos prêtres, ces grands hommes dotés de solides connaissances pour toutes sortes de choses ? interroge le doyen, à la ronde, en s'adressant à ses pairs.

- Qu'il s'agit sûrement d'un mal de l'esprit qu'ils ont du mal à identifier clairement ! annonce un autre.

- Je crois qu'ils n'ont pas tort. Notre royaume jouit depuis trop long-temps d'un état de grâce qui a pu en-dormir les instincts premiers chez la plupart d'entre nous, pendant un certain temps. Toutefois, je crois que si nous ne faisons rien pour varier le quotidien des gens, ils finiront pas sombrer dans cette sorte d'oisiveté mentale qui conduit fatalement aux débordements que vous avez observés et dont vous me faites part seulement maintenant.

J'espère simplement qu'il n'est pas trop tard pour repartir du bon pied, autrement, nous aurons à déplorer le pire. Pour l'heure, il s'agit de décider du sort de l'homme qui vient de contrevenir à nos lois. Qui vote pour la sanction proposée ? demande Zolzohar.

À cette question, six mains se lèvent auxquelles s'ajoutent la sienne !

- Qu'on rappelle l'accusé !

- Citoyen Hamjojan, vous êtes condamné à vingt jours de peine dont dix en réclusion dans le Kozkoz et les dix restants pour effectuer les travaux d'intérêt général qui vous seront confiés par l'administrateur de votre secteur.

L'homme veut protester, mais deux des préposés à la sécurité des sages l'entraînent vers l'extérieur et le font conduire sur-le-champ au poste de commandement du général Kokza. Celui-ci manque de tomber à la renverse lorsqu'on l'informe de la peine qu'il devra faire appliquer au prévenu. De toute son existence, sur la terre du Knoryl, il n'avait encore jamais fait face à une telle responsabilité car les crimes liés à la violence y étaient inexistants.

- Hein, vous dites... ? interroge-t-il encore les gardes afin de s'assurer qu'il a bien compris la teneur des propos qui viennent de lui être transmis.

- ...Que cet homme doit purger une peine de vingt jours, dont dix en isolement et le restant dans le cadre de travaux d'intérêt général, réassure l'un des deux soldats missionnés, d'une voix ferme et claire.

Le général observe attentivement le prisonnier, comme s'il se trouvait en présence d'un phénomène étrange, puis il le fait conduire dans une pièce non sécurisée, en attendant. Une heure plus tard, Hamjojan est en route vers la région reculée du kozkoz, où personne ne s'était rendu depuis des lustres. Des heures durant, le condamné marche sur un chemin rocailleux, abrupt et sec, encadré par deux soldats, sous les ordres du général. Six heures plus tard, ils foulent de leurs sandales poussiéreuses et plus que malmenées le sol brûlant du désert du Kozkoz.

La végétation cède brusquement le pas à une étendue vaste, nue et sablonneuse que dorent encore les quelques rayons du soleil, qui tarde à se retirer. Les hommes décident d'établir leur campement dans un emplacement jugé à l'abri du vent. Une tente rudimentaire, des nattes dépliées à même le sol suffisent pour le partage de dattes, de galettes de sorgho et d'un peu d'eau, avant le coucher.

Dès l'aube, les trois voyageurs sont à nouveau en route. La nuit leur a paru courte, tant la marche de la veille les avait épuisés. Ils profitent donc de la relative fraîcheur du petit matin et avancent tant que possible afin d'éviter de trop souffrir de la canicule qui sévit continuellement dans cette zone.

Quatre heures plus tard, tandis que le soleil darde furieusement alentour ses rayons mordants, à en blêmir tout l'horizon, les hommes aperçoivent enfin des murailles fortifiées. Ce sont celles de l'unique bâtiment du royaume qui tient véritablement lieu de prison isolée et qui se trouve dans cette région désertique. Cependant, depuis plusieurs générations, ce lieu n'a plus servi à cette fonction et se trouve plutôt à l'abandon. Un lourd battant en bois massif ouvre sur une bâtisse semi-ouverte, poussiéreuse et toute délabrée. Une vaste cour mène aux cellules dotées de lourds panneaux de bois ajourés laissant filtrer la lueur diurne à travers les ouvertures verticales laissées au milieu des pièces dont elles sont assemblées, entre quatre poutres. Elles sont séparées les-unes des autres par un mur en dur supportant deux clous, qui permettent d'y suspendre des vêtements. Mais le général ne compte pas vraiment y enfermer Hamjojan. Ce dernier ne gagnerait rien à s'enfuir car, ici, il ne saurait survivre seul dans le désert qui le sépare des lieux habités du royaume, à présent, si loin. Aussi, se contente-t-il de lui désigner l'une de ces pièces de réclusion, sans le sommer d'y demeurer à tout moment jusqu'à la fin de son séjour. Les trois hommes récupèrent des nattes tressées en fibres de branches de palmiers, deux bancs ainsi que quatre tabourets pour leur modeste confort. Les trois premiers tabourets étant pour qu'ils puissent s'y asseoir, le quatrième leur sert de table basse et ils y disposent des aliments et de l'eau lors des repas qu'ils partagent ensemble.

Les journées sont si chaudes et si vides dans ce lieu désolé que, les subir sans rien pouvoir faire d'autre que de laisser passer le temps, lentement, péniblement et si pesamment, constitue déjà une véritable torture en soi. Les deux autres ne disent rien, mais Hamjojan sent souvent peser sur lui leurs regards accusateurs, lourds de sens, qui semblent lui dire sans mot piper :

« Maudit sois-tu Hamjojan, toi qui nous fais subir avec toi ce sort injuste… ! »

Néanmoins, chacun se tient du mieux qu'il peut, et quelques blagues filtrent parfois des lèvres desséchées de leurs bouches en feu, qui préfèrent se taire plutôt que de s'épuiser en vain.

Tandis que Hamjojan se trouve sous bonne garde au Kozkoz, le bruit se répand rapidement dans tout Knoryl, au sujet de l'étonnante décision prise par le conseil, suite à un fait rare des plus étranges. La consternation générale saisit les habitants du royaume, d'une contrée à l'autre. Certaines femmes commencent à s'avouer qu'elles craignent de subir le même sort que leur congénère maltraitée par son propre époux, et les confidences et autres spéculations vont bon train. D'autres hommes se mettent à considérer leurs épouses de façon suspicieuse, allant jusqu'à leur promettre le pire, s'il s'avérait qu'un jour l'une d'elles soit à l'origine d'un tel blâme pour eux-mêmes.

Quinze jours plus tard, Hamjojan est déjà de retour dans la capitale du Knoryl, le Knorylsea. Il s'active à déblayer les gravats d'un chantier de construction, tout en ruminant contre son sort. Soudain le bruit court qu'une femme vient d'être victime d'une mort violente causée par son époux. L'assassin se nomme Tchankrol et il vient d'étrangler la femme qui partage sa vie comme son lit depuis plus d'une dizaine d'années, sans qu'on ne sache pourquoi. Il s'agit pourtant d'un homme qui ne s'était jamais fait remarqué jusqu'alors pour acte de violence. Toute la cité est ébranlée par cette terrible nouvelle. L'agitation générale est perceptible dans tout le royaume, dorénavant, sous la coupe d'un tel désastre. Ce meurtre est également lié à une dispute conjugale ayant dérapé de façon tragique. Désormais, nul ne peut plus ignorer le ver dans le fruit et tous s'interrogent intérieurement sur l'avenir de la paix dans ce royaume, si paisible jusqu'alors. Il s'agit vraisemblablement du premier meurtre commis à Knoryl depuis plusieurs dizaines de générations. Une délégation d'hommes se rend dans la salle du conseil, aussitôt après confirmation des faits. Les hommes, inquiets, menacent les sages d'une révolte massive des mâles du royaume, si aucune autre solution que celle fortement punitive n'est envisagée pour ce deuxième cas, assurément inhabituel. Les sages, eux-mêmes, sont partagés sur cette question. Certains pensent qu'il faut s'en prendre à l'origine du mal, plutôt que de blâmer les responsables des crimes qui commencent à intriguer le grand nombre concernant leur véritable nature. Ce désordre inquiétant semble rappeler à la mémoire des Knoryliens qu'ils ont joui d'une paix et d'une sécurité plus qu'enviables pendant trop longtemps. Que les germes des instincts barbares n'ont fait que dormir en la plupart d'entre eux pendant tout ce temps et, qu'à présent qu'ils sont en éveil, il faudra songer à d'autres moyens pour les empêcher de nuire. Les fautifs apparaissent eux-mêmes, dès lors, comme les victimes d'un mal inconnu. Et, c'est ce mal qu'il faut combattre, au lieu de punir... ! soutiennent hardiment les défenseurs de cette thèse face aux treize. D'autres avancent incidemment des arguments allant à l'encontre des punitions sévères, en se demandant quel serait leur propre sort dans le même cas. Pire, nombreux sont à présent ceux qui commencent à manifester une animosité publique vis-à-vis des femmes !

« Si elles s'étaient contentées de continuer à assumer leurs rôles séculaires de bonnes épouses et de bonnes mères au lieu de se mêler de tout, on n'en serait pas là ! », décrète dans sourciller l'un des belligérants.

- C'est bien vrai, les femmes sont devenues arrogantes et irrespectueuses vis-à-vis de nous parce que nous leur avons accordé trop de liberté. Il n'en était pas ainsi auparavant, aux temps de nos sages aïeux où elles obéissaient, sans chercher à parlementer de trop, sur tout ! rappelle un autre.

- Le malheur arrive toujours par la femme...! souligne encore l'un d'eux, d'une voix fort haineuse.

- Assez ! Silence, cela suffit ! s'écrie alors d'une voix fulminante Zolzohar, qui en a plus qu'assez d'entendre ainsi railler celles qui ont été pendant longtemps des compagnes, des mères respectables et respectées ou autres.

- Écoutez-vous donc parler un peu ! Les femmes ne vaudraient donc plus rien, selon vous, en dehors de leurs rôles d'épouse et de mère... ? Exiger d'elles l'obéissance vous réjouirait également, comme aux temps anciens, si je comprends bien ! Je vous rappelle néanmoins que c'est à l'intelligence d'une femme que Knoryl doit encore sa survie, à ce jour. Au cours des temps anciens auxquels vous faites si hardiment référence, seul le courage exceptionnel d'une femme a permis de sauver notre peuple du désastre d'une éradication certaine, face à la férocité de Gulgujar. Celui-ci était alors le redoutable chef des hordes barbares qui semaient partout ruines et désolation sur leur passage ! Oui, elle se nommait Sylsila, notre noble ancêtre et elle a su se montrer aussi brave qu'intelligente pour nous épargner le pire. C'est pour cela que sa légende restera à jamais gravée dans notre mémoire comme dans nos cœurs ! Oui, ce nom évoque honneur, bravoure et grandeur dans le cœur de chaque Knorylien qui connaît sa propre histoire. Ouvrez grand vos oreilles, car je m'en vais vous rafraîchir la mémoire, puisqu'il le faut, visiblement !

« Bien avant qu'hommes et femmes aient les mêmes droits sur ce sol sacré du Knoryl, les peuples, dont le nôtre, subissaient continuellement les assauts des hordes barbares conquérantes qui ne craignaient ni démons ni dieux. L'une d'elles, menée par le redoutable Gulgujar, faisait corps avec les flots comme si ses membres étaient tous les fils de Mami, la déesse de la mer, elle-même. Ils y naviguaient comme des dieux, abordaient les côtes les plus hostiles, sans qu'on ne sache trop comment. Ils finirent par accoster sur les rives du Knoryl par un soir d'automne, alors que le soleil s'apprêtait déjà à se retirer de l'horizon. Les veilleurs donnèrent rapidement l'alerte. Ils envoyèrent un message annonçant au son vigoureux du gong que l'envahisseur était là et qu'il disposait de toute une flotte de guerre. Effectivement, plusieurs centaines de soldats étaient en train de débarquer sur la côte ouest, là où l'abordage semblait le moins risqué. La panique générale s'empara aussitôt de tous. La place forte du royaume serait prise avant même que des renforts ne proviennent du fin fond du pays. Ayant également appris ce que tout le monde savait et redoutait désormais, Sylsila rassembla plusieurs jeune filles dont la grâce allait de pair avec la beauté. Elle demanda à un joueur de gong de les accompagner. Aux rythmes déchaînés des tambours de guerre de l'ennemi, qui se rapprochait de plus en plus, répondait maintenant une joyeuse mélodie. Les sons entremêlés du gong, des cithares et des cymbales se répandaient agréablement dans l'atmosphère, sous les doigts talentueux et agiles de quelques-unes des filles. Interloqué par cette réponse inattendue, Gulgujar, qui n'admettait généralement aucune discussion possible sur les lieux de conquête où il entendait faire régner le seul chant qu'il connaissait, celui de la ruine et de la totale destruction, s'arrêta un moment, à la surprise générale. Saisi par l'étrangeté de la chose, il demanda aux joueurs de tambour de s'activer avec moins de zèle, afin qu'il puisse apprécier le spectacle assurément inimaginable qui venait à lui. À mesure qu'ils avançaient il se laissait envoûter par cette musique, jusqu'à demander à ses hommes de ne plus jouer de leurs tambours. Il désirait pleinement savourer le chant mélodieux qu'accompagnait cette musique. C'est alors qu'au tournant d'une dune, au lieu des soldats armés dont il n'entendait faire qu'une bouchée avec sa belle armée, il se retrouva face à des musiciennes et à des danseuses qu'accompagnait un seul homme, le joueur de gong. Celle qui chantait, dansait tout aussi bien, avançant vers lui d'un pas léger et gracile, comme pour souhaiter la bienvenue à un hôte exceptionnel. Le grand Gulgujar en frémit d'aise. Il sentit son cœur de pierre se ramollir, soudain, comme le métal le plus résistant fond instantanément au milieu d'une fournaise. Le barbare sanguinaire se découvrit alors une âme aimante et, pour la première fois de son existence, il ordonna à ses troupes de se contenir et de faire taire leurs belles ardeurs à toujours vouloir guerroyer. Le maître de guerre alla prestement au-devant des femmes, écouta les suppliques de Sylsila, qui l'implora d'épargner l'île du Knoryl qui l'accueillait déjà en vainqueur et d'emporter autant de choses qu'il voudrait, en contrepartie ! Gulgujar se laissa attendrir par la douceur de cette femme, d'une beauté époustouflante, et il accepta de n'emporter que des vivres, mais aussi celle qui avait réussi à le désarmer d'une manière aussi inattendue. Il s'en alla effectivement, peu de temps après que ses hommes eurent approvisionné les navires en vivres pour la suite de leur périple, emmenant avec lui Sylsila la brave, et promettant de laisser cette contrée en paix, à l'avenir. Depuis lors, Knoryl vit en paix et le royaume s'est réorganisé afin de mieux combattre ses ennemis plus tard. Il fut décidé qu'hommes et femmes étaient égaux en droits et que tous méritaient les mêmes traitements et les mêmes honneurs, depuis lors. Voilà pour vous tous ici présents, qui était en réalité Sylsila, l'aïeule héroïque ! Et vous oseriez jeter ce passé dans la boue, sous prétexte que vous avez peur que vos compagnes ne prennent le dessus ? À mon sens, la seule chose que vous devriez craindre c'est la bêtise à l'état pur et non pas les femmes ! conclut Zolzohar d'une voix chargée de colère.

Un silence embarrassé flotte dans la pièce, l'espace d'un instant. Mais il est rapidement balayé par les vives revendications de ceux qui souhaitent en finir avec les acquis féminins qu'ils jugent excessifs, à présent. Parmi les sages, seul le général Kongdaz soutient la justesse des propos du doyen et en appelle à plus de modération. Mais il se fait massivement huer et une cacophonie inimaginable prend bientôt le pas sur les échanges plus ou moins pondérés qui avaient lieu jusqu'alors.

- Huez-moi tant que vous voudrez, vous êtes plus à plaindre que je ne le croyais. À vous voir tous, ainsi remontés, prêts à cracher sur le ventre qui vous a portés et à jeter l'opprobre sur le sein de la femme qui vous accueille en elle avec générosité, j'ai honte ! Oui, j'ai honte pour vous parce que vous êtes en train de vous détruire vous-mêmes par pur égoïsme, mus par un orgueil déplacé !

- Pardonne-nous de ne pas vouloir tenir compte du fait qu'une sorcière ait pu soumettre ce monstre à son pouvoir. Nous, nous ne voulons justement plus nous laisser influencer par ces femelles ! lui rétorque effrontément l'un des rebelles, décidé à en finir au plus vite.

- Une sorcière, tu oses traiter notre brave aïeule de sorcière ! Est-ce de la bouillie qui remue dans ta tête de débile, à la place d'une bonne cervelle, ou dois-je en conclure que tu ne veux rien comprendre, de toute façon ? s'emporte le général, n'en pouvant plus de les entendre débiter autant d'inepties au lieu de réfléchir.

- Kongdaz a raison et vous le savez très bien, autant que moi. Nous devons en revenir à la raison et continuer à considérer nos compagnes ainsi que toutes celles de leur condition avec le respect qui leur est dû. En aucun cas nous ne demandons qu'elles bénéficient de quelques prérogatives que ce soit, au détriment de nous autres. Nous aimerions tout simplement qu'elles continuent à jouir des mêmes égards que nous, hommes, au regard de la loi et de la justice de ce royaume. Si nous avons réussi ce pari jusqu'ici, sans dommage, c'est que nous pouvons le poursuivre tout aussi bien. Le mal qui ronge notre peuple est celui des gens qui finissent par s'ennuyer de tout parce qu'il ne leur manque plus rien, en vérité. Peut-on pour autant en vouloir aux femmes d'être à l'origine d'un bien-être qui en devient pléthorique ? argumente encore Zolzohar, au comble du désarroi, face à la tournure détestable que prennent les évènements.

- Ça, c'est votre version des faits, vénérable. On n'est jamais trop heureux pour s'ennuyer ! C'est comme si vous nous disiez qu'un bonheur durable entraîne inévitablement le malheur…, s'indigne l'un de ceux qui ne veulent rien entendre.

- Je dirais plutôt qu'un bonheur durable, sans mesure comparable, parvient à engendrer chez l'être un état de dépression qui provient d'un insidieux ennui, précise le doyen.

- Pardonnez-moi de ne pas comprendre. Le seul ennui dont je souffre actuellement, c'est bien celui qui me fait craindre de ne même plus valoir une chèvre, bientôt, si ma chère épouse me faisait accuser un jour prochain pour je ne sais quelle raison ! surenchérit un bonhomme hargneux, plutôt trapu et court sur pattes. Kongdaz intervient à nouveau, afin d'essayer d'éclairer ses pairs sur les propos du chef des sages.

- Mais enfin, le vénérable ne dit rien d'autre que ceci : à force de ne connaître que le bonheur, on en finit par oublier l'existence du malheur. On en arrive même à s'accommoder du bonheur au point de ne plus pouvoir l'apprécier. On devient alors excédé pour un rien parce qu'on ne trouve plus goût à grand-chose, en ayant déjà tout sous la main et en ne sachant plus vraiment comment en profiter, sans avoir l'impression d'accomplir un rituel qui se répète continuellement ! Actuellement, ceux d'entre nous qui cèdent facilement à la colère semblent avoir atteint ce point de non-retour qui les fait basculer dans une forme de folie momentanée. L'excès, en tout, nuit, dit-on mes amis ! Eh bien, en voici une preuve tangible, même pour l'impensable : le bonheur permanent offert à des êtres inconstants ne peut que dégénérer !

Les autres membres du conseil se gardent bien de s'opposer à la meute enragée ayant investi l'enceinte du palais, le hon, et qui fulmine à présent plus qu'elle ne cherche à dialoguer. Ils se sont contentés d'écouter et d'opiner du chef, régulièrement, appuyant ainsi silencieusement les propos de ceux qui voudraient en revenir aux anciennes lois. À la fin du conseil, aucun consensus n'a pu être trouvé. Seuls le chef des douze et Kongdaz déplorent le fait que cette affaire n'ait pu être réglée séance tenante, alors même qu'il y a urgence à rétablir l'ordre. C'est donc le cœur lourd que Zolzohar et Kongdaz quittent l'assemblée, sans un mot, dès après le départ de ceux qui viennent de les invectiver, sous le regard complice des autres membres du conseil. Sur le pas de la grande porte d'entrée du hall, aux larges battants en bois sombre, le chef murmure à l'oreille de son unique allié :

- Sois prudent mon ami ! Moi je suis déjà âgé et je ne crains plus la morsure des vipères qui ne feraient que hâter mon envie d'aller rejoindre mon épouse, trop tôt disparue. Toi, tu es encore jeune et tu es bien le seul qui semble avoir conservé le sens de la mesure et de la raison ici ! Sois prudent ! lui répète-t-il encore d'une voix affectueuse, en posant une main protectrice sur son épaule gauche. Puis ils se saluent et se séparent, consternés par la tournure des évènements auxquels ils viennent d'assister.

S'agit-il seulement encore d'une assemblée de sages, se demandent-ils, chacun, en leur for intérieur, tandis qu'ils cheminent vers leurs demeures respectives.

Une fois chez lui, Kongdaz appelle sa fille Laskyl et lui fait part de ses inquiétudes concernant l'avenir de leur peuple. La jeune fille écoute attentivement son père et comprend aussitôt que l'heure est grave. À voir le regard, habituellement limpide et serein du général, visiblement troublé par l'expression d'une extrême affliction, à présent, elle sait qu'il se passe quelque chose d'inquiétant. Ses frères étant encore à l'extérieur, Laskyl seule recueille les confidences du général dont elle a toujours été l'enfant le plus proche. Depuis la mort de leur mère, qui décéda des suites de couches en même temps que son dernier nouveau-né, Laskyl avait mûri à une vitesse surprenante, gérant la maisonnée au mieux avec l'aide de deux servantes. Et, comme elle manifesta très tôt de l'intérêt pour les arts martiaux, son père l'instruisit lui-même en la matière, autant qu'au maniement de l'arc, de l'arbalète et du sabre. Les filles du Knoryl pouvant prétendre à l'éducation qu'elles voulaient, nombre d'entre elles s'amusaient à recevoir une instruction militaire en parallèle avec l'apprentissage de la gestion ménagère à domicile. La fille du général faisait partie de ces braves filles qui faisaient démentir le vieux précepte selon lequel seuls les hommes seraient aptes au combat, en cas de guerre. Tout comme ses consœurs, Laskyl n'était pas plus forte qu'un homme normalement constitué. Mais leur vivacité d'esprit et leur agilité leur permettaient de se démarquer de façon remarquable par rapport à ceux du sexe opposé, qui comptaient davantage sur l'usage de leur force physique que sur le bon emploi de leurs capacités mentales.

Trois jours plus tard, après d'autres discussions tout aussi animées que la précédente, sans issue possible vers une décision favorable à tous, le général rentre chez lui excédé par le manque de discernement de ses semblables. Il ne parvient pas à comprendre leur entêtement face à une situation qui semble pourtant claire, bien que contestée par le grand nombre. Perdu dans ses pensées, il marche à pas réguliers et rapides, se demandant quel serait le sort de sa fille, si ces excités parvenaient à obtenir gain de cause.

Soudain, Kongdaz sent ses poils se hérisser sans raison apparente et, sans même réfléchir, il presse le pas tout en jetant un coup d'œil rapide autour de lui. Son sixième sens d'homme de terrain vient de l'alerter d'un éventuel danger qu'il ne parvient pourtant pas à identifier. Comme il fait déjà nuit et que la lune joue, là-haut, à cache-cache avec les nuages, il distingue difficilement les ombres répandues le long du chemin. Entre celles des arbres et celles des rochers ou autres, on n'y voit à peine. L'esprit en alerte, le général achève de contourner un rocher et débouche dans l'espace ouvert devant lui lorsqu'un pieu aiguisé le frappe en plein ventre et le transperce de part en part. Kongdaz tente de se dégager de cette emprise avec la force d'un buffle vigoureux qui refuse de se laisser abattre aussi aisément, mais le dard tranchant du coutelas d'un second assaillant lui tranche la gorge, au niveau de la jugulaire et il se vide de son sang avant même de se rendre compte qu'il n'a aucune chance de se sortir de ce pétrin. La dernière pensée qui traverse son esprit avant qu'il ne perde tout à fait connaissance est celle de sa fille, livrée à elle-même au milieu des extrémistes qui veulent devenir les maîtres absolus du Knoryl. Puis il tombe sur ses genoux et s'écroule à terre, au milieu de la mare de sang qui s'échappe par jets de son cou et de son ventre par un mince filet.

Kongdaz disparu, Zolzohar se retrouve à présent seul et vulnérable au sein du conseil. Sa voix de chef ne vaut plus rien et, ne se sentant plus utile au milieu des onze restants, il démissionne afin de ne pas devenir un chef fantoche ! Il sera remplacé, de même que Kongdaz, quelques temps après les obsèques de ce dernier. Tous savent que le général vient d'être assassiné afin de faciliter les projets des belligérants. Aussi la plupart des gens du peuple se gardent-ils de critiquer ouvertement ceux qui pavoisent déjà partout comme s'ils avaient déjà gagné la partie.

Laskyl observe le deuil en silence, sept jours durant.

Au huitième jour succédant à celui de l'enterrement de son père, elle réunit une dizaine de femmes dans la demeure de son défunt père, tandis que ses frères sont allés chasser. Leur partie de chasse durera bien trois ou quatre heures, comme toujours. Ce qui est largement suffisant pour permettre à leur sœur d'agir à sa guise. Laskyl prie ses consœurs d'entrer et s'empresse de refermer la porte derrière elles. Ces filles lui apparaissent comme étant les plus sûres, celles sur qui elle sait qu'elle peut véritablement compter en toute circonstance. Elles pourront toujours prétendre qu'elles sont allées la voir afin de l'aider à mieux supporter son deuil, en cas de soupçon, comme le leur suggère leur hôtesse.

Elles sont toutes là, chacune ayant apporté une galette, des beignets ou un plat, comme l'exige l'usage, lorsque l'on rend visite aux personnes nouvellement endeuillées. Laskyl les accueille avec chaleur et retenue, les remercie à tour de rôle, puis elle les prie de prendre place sur les coussins disposés sur les deux banquettes en bois disposées le long des murs. En bonne maîtresse de maison, elle leur offre à boire, après avoir versé un peu du contenu de son propre bol à terre, afin d'offrir une libation aux dieux et aux ancêtres. Dès que chacune de ses invitées a trempé ses lèvres dans le breuvage et pris au moins une gorgée du liquide tiède dont l'agréable senteur surprend délicatement les narines, Laskyl prend la parole et s'adresse à elles :

« Merci à vous d'être venues. Mes chères amies, aujourd'hui, mon père n'est plus ! Mes frères sont tous veules et lâches. Ils ne pensent plus qu'à sauver leurs misérables peaux afin de continuer à jouir de leurs nouveaux privilèges. Ils n'hésiteront pas à me vendre, au besoin, pour éviter de subir le même sort que celui de notre défunt père. Vous comprenez donc que je n'ai plus rien à perdre. Vous devriez également considérer l'existence qui vous attend, si ces fous qui dirigent le royaume établissent les nouvelles lois qu'ils viennent de proposer au conseil des sages, en sachant qu'ils y sont majoritaires. Quant à moi, dès à présent, je proclame une rébellion totale contre cet état de choses. Un combat à la vie, à la mort est celui qui s'impose à moi, dorénavant, car j'estime que ma liberté ne saurait être sacrifiée à une quelconque lâcheté. ! Il s'agit donc de ceci : *''vaincre ou périr !''* », leur déclare-t-elle posément, en laissant passer un bref moment avant de lancer à la ronde, d'une voix ferme et déterminée :

« Qui vient avec moi ...? »

Une minute à peine s'écoule quand, soudain, l'une après l'autre, les filles se lèvent et vont se ranger, toutes, à ses côtés. Alors, seulement, leur expose-t-elle sa stratégie pour la reconquête de leurs droits naturels inaliénables. Ces filles-là ne sont pas de celles qui tremblent devant des défis valables, et Laskyl le sait. Elle les connaît toutes très bien pour s'être entraînée avec elles lors de sa propre instruction militaire. Chacune d'elles a une conscience affirmée de son existence en tant qu'entité libre, dotée d'une intelligence lui permettant de décider pleinement de son propre sort, sans s'assujettir à celle d'un maître. La fille du général vient de solliciter leur aide, tout en sachant qu'elles ne tergiverseraient pas à choisir entre la liberté qui leur est précieuse et une existence servile et inacceptable. Face à l'impensable, pour celles qui ont grandi avec des valeurs fondées sur le respect de tous, dans la dignité de chacun, cette partie était quasiment gagnée d'avance pour la jeune orpheline.

Le lendemain matin, Laskyl se rend au palais et demande à s'adresser aux sages, de toute urgence. Perplexes, mais néanmoins désireux d'entendre ce qu'elle peut bien avoir à leur dire, ceux-ci acceptent de la recevoir. Un garde fait entrer Laskyl dans le hon, où siègent les onze. Zolzohar vient de démissionner et, son propre père, lâchement assassiné, vient à peine d'être enterré. La jeune fille s'incline respectueusement devant les sages, qui la saluent en retour avec les honneurs qui lui sont dus. Le plus jeune d'entre eux s'incline devant l'orpheline, puis il prend la parole et l'accueille, en rappelant les noms de ceux de sa lignée dont les hauts faits restent gravés dans les mémoires. Dès qu'il a fini de faire cet éloge encore d'usage dans le royaume, dans le cadre des salutations, le plus vieux d'entre eux, le nouveau doyen, lui fait signe de se redresser, puis il interroge la jeune fille d'une voix toute paternelle :

« Laskyl, fille de notre regretté vénérable Kongdaz, que nous vaut l'honneur de ta visite ? »

- Chers vénérables, je m'incline respectueusement devant vous tous, aujourd'hui, tout d'abord pour vous remercier des dignes hommages rendus à mon père, lors de ses obsèques. À ces mots, tous opinent du chef, gonflés d'orgueil, tout en attestant de l'excellente éducation de cette jeune fille. Laskyl laisse flotter un silence profitable, consciente de l'effet qu'elle vient de produire sur eux, puis elle poursuit d'une voix claire et douce :

- Je suis également venue vous entretenir d'un sujet qui me préoccupe, de même qu'il inquiète la plupart de mes consœurs. Une étonnante rumeur court depuis peu, annonçant la suppression prochaine de nos droits fondamentaux, pourtant indispensables à notre bien-être. Qu'en est-il en réalité et que comptez-vous faire des femmes et des filles du Knoryl, en définitive ?

Les hommes du conseil se regardent les uns les autres, interloqués. Le doyen se racle la gorge et déglutit péniblement avant de répondre à cette question qui les prend tous de court.

- Ma chère enfant, les temps changent et les hommes avec eux ! À ce stade, il ne s'agit plus d'une rumeur, mais bien d'un projet de loi qui sera amendé en séance, très prochainement. Je suis au regret de ne pouvoir lever cette inquiétude. Je ne puis que vous inviter, les autres femmes et toi, à vous conformer aux nouvelles lois dès qu'elles entreront en vigueur, réplique le doyen, d'une voix rauque et forte.

- Ai-je bien entendu ce que vous venez dire ? Nous n'avons plus qu'à accepter le changement que vous nous imposez, sans discuter ?

- Tu as bien entendu, c'est tout à fait cela !

- Que nous reste-t-il donc dans cette vie à part enfanter, contenter nos époux et entretenir nos foyers ?

- Chère enfant, si chaque femme du Knoryl parvient déjà à assumer, comme il se doit, avec ardeur et sérieux, les rôles que tu viens d'énumérer, alors, leurs hommes seraient les plus heureux du monde et nous en serions tous comblés… ! Des rires fusent aussitôt des bouches édentées, pour la plupart, de ce comité d'hommes qui tournent gaiement en dérision l'interrogation, pourtant sensée, de la fille du regretté général.

- Bien ! Je vous remercie tous pour votre bon accueil et vous souhaite un avenir radieux ! Sur ce, permettez-moi de me retirer ! réplique Laskyl d'une voix volontairement sentencieuse, bien que son regard saturé d'une ire contenue exprime clairement sa profonde et vive indignation.

- Jeune-fille, ne fais pas tant l'insolente, si feu ton père n'avait pas siégé à nos côtés, nous t'enverrions sur le champ croupir dans une cellule où on t'apprendrait le respect, en même temps que nos nouvelles règles. À présent, sors vite d'ici avant que je ne change d'avis, s'époumone vivement le doyen, plus qu'excédé par l'aplomb sidérant dont elle vient de faire preuve en leur présence, sur un air empreint de notes de douceur, avec une maîtrise de soi incontestable.

Dès qu'elle s'est éloignée suffisamment et qu'elle se trouve hors de portée de leurs voix les membres du conseil se laissent aller aux commentaires :

- Quelle arrogance, c'est bien la fille de son père ! commence l'un.

- Dieu merci, il n'est plus là pour nous enquiquiner, ce trouble-fête qui n'était jamais d'accord sur rien, ajoute un autre.

- Il n'empêche que sa descendance lui a survécu et que nous ferions mieux d'être prudents, en ce qui concerne ses enfants. Si les garçons de Kongdaz sont de la même veine que leur sœur, je parie que nous aurons du souci à nous faire pour la suite des évènements, s'alarme Vorzaz, le nouveau doyen, d'un air perplexe.

- S'ils réagissent mal, à l'annonce des nouvelles règles sociales, nous les enverrons saluer leurs dignes aïeuls, bien avant l'heure, tout comme leur père, avance un autre d'une voix qui gronde, un affreux rictus étirant les coins de sa bouche.

Laskyl s'est parée de ses plus beaux atours, comme une princesse apprêtée pour ses noces prochaines. Elle vient d'enlever ses vêtements des jours ordinaires, qu'elle prend soin d'enrouler et d'entasser au-dessus d'un rocher. Elle se maquille délicatement, à présent. Quand elle a fini, ses yeux sont soulignés par un trait de khôl d'un bleu profond. Étirés vers l'extérieur par un trait long et fin, qui s'arrête non loin de chaque oreille, ils reluisent d'une lueur captivante. Ses lèvres charnues, voluptueusement colorées par un rouge éclatant obtenu grâce à un mélange subtil de poudres de fleurs rares et de plantes aux vertus mystérieuses, apparaissent tel un irrésistible fruit mûr. Une large boucle en or, finement sculptée par endroits, et ornementée de multiples pièces raffinées, enserre son cou délicat de façon admirable. Son bras gauche affiche également un serpentin d'or dont la tête se trouve orientée vers le haut, en direction de l'épaule. Une jupe asymétrique, coupée dans un voile de soie transparent, souligne superbement la grâce de sa taille fine. La jeune orpheline glisse enfin ses sandales de cuir à ses pieds, les lace jusqu'à hauteur de jambe, se recouvre de la tête aux pieds d'une cape légère et couvrante, puis elle se glisse hors de la grotte sacrée. Laskyl s'accroupit alors, met le feu au tas de brindilles et de bois qu'elle avait déjà amassé, à mi-chemin, entre l'entrée de la grotte et les lignes mouvantes des flots qui vont et viennent, sans jamais dessiner les mêmes figures ni s'arrêter au même niveau. À côté, se trouvent les divers objets qu'elle a disposés au sol, près du foyer qui brûle à présent d'un feu naissant, avant d'aller s'apprêter dans la grotte pour l'étrange rencontre qu'elle espère.

Le feu a bien pris, et une belle gerbe de flammes brille et éclaire tout l'espace entre la grotte et l'énorme masse d'eau qui s'étend loin devant. Laskyl s'empare enfin d'un cor réalisé dans la masse d'un coquillage, qui semblait déjà naturellement formé pour cet usage, à l'origine. Il a fallu peu de travail à l'artisan pour y créer ce remarquable instrument musical. La fille du défunt Kongdaz porte le cor à sa bouche et y souffle longuement à trois reprises. Puis elle le repose et s'empare d'une cymbale dont elle se met à jouer tout en se mouvant lentement, de façon gracieuse. Une étrange mélopée mystique s'échappe de sa bouche, se laisse emporter par la brise et va se perdre par-delà les flots.

La voix douce et voluptueuse de la jeune fille envahit résolument l'espace, avec force et générosité. Empreint d'accents à la fois plaintifs et mélodieux, ce chant se révèle d'une profondeur telle, qu'il semble pénétrer jusqu'à la matière des choses alentour pour leur délivrer, à elles aussi, son précieux message.

Cela fait un moment que Laskyl chante et danse, seule sur cette plage en forme de crique, s'étendant jusqu'à l'entrée de la grotte. Mais elle ne faiblit pas. Sa volonté est intacte et son ardeur grandissante. Elle risque beaucoup, en s'exposant ainsi. Ni le résultat escompté ni la venue de celui qu'elle attend ne sont garantis. Et, si jamais la rencontre tant espérée a lieu, elle peut même y laisser la vie, car nul n'invoque impunément et à la légère celui qu'elle appelle ici de tous ses vœux !

Soudain, les vagues redoublent de violence dans une chevauchée vive et affolante. Elles se bousculent et galopent, tel un ensemble de chevaux ivres lancés dans une course éperdue, crinières au vent, naseaux écumants. Un grondement assourdissant se fait alors entendre, comme si la terre allait s'entrouvrir pour avaler tout sur son passage, ou comme si un monstre titanesque manifestait sa fureur pour avoir été dérangé dans son sommeil. Un silence inquiétant s'ensuit l'espace d'un instant. La jeune fille frémit inévitablement à la seule pensée de ce qu'elle vient de déclencher. Mais elle se ressaisit rapidement, laisse tomber sa cape derrière elle, d'un geste lent, et poursuit danse et chant, tout en essayant de ne pas perdre de vue son objectif. Un nouveau grondement survient quand, surgissant d'entre les flots, Jakul, le maître incontesté des eaux, apparaît enfin dans toute sa splendeur. Il balaie paisiblement les environs du regard, fixe ses yeux vers la grotte, en direction de l'endroit où s'élèvent toujours les flammes et où Laskyl chante encore, tout en ondulant des hanches, à présent, de façon lascive. Elle lève les yeux vers l'apparition, puis les baisse aussitôt, tant l'intensité du regard du dieu des eaux s'avère insoutenable pour un humain.

Jakul se retient d'envoyer les flots pulvériser l'énergumène qui vient de l'invoquer, alors même qu'il se trouvait au beau milieu d'un repos appréciable ! Cependant, la vue de Laskyl, merveilleuse créature qu'il n'espérait pas pouvoir rencontrer un jour sur terre, l'arrête dans son élan, étrangement. Comment est-ce possible que ces bâtards d'humains puissent détenir de tels trésors et jouir de la présence d'êtres aussi majestueux que cette jeune fille ? Le dieu laisse donc retomber sa colère et s'avance à pas réguliers et paisibles vers la grotte. Chaque mouvement qui le rapproche d'elle fait frissonner Laskyl de la tête aux pieds, de façon irrépressible. Elle le sent à présent si près d'elle, que son souffle étonnamment chaud l'enveloppe d'une nuée vaporeuse. Jakul n'est plus qu'à trois pas de l'audacieuse jeune fille, qui s'agenouille aussitôt, tête baissée et main croisée sur la poitrine, en signe de soumission. Le dieu arbore une carapace rugueuse à l'aspect monstrueux. Une crinière épineuse court du sommet de sa tête jusqu'au bas du dos, s'y prolongeant par une sorte de queue semblable à celle d'un dragon. Des écailles sombres, de belles tailles, brillent d'un éclat argenté à la surface de cet ensemble monumental et chaque pas du géant fait trembler la terre tout autour d'eux. Ses yeux, d'une intensité minérale semblable à celle d'un métal en pleine fusion, soulignent la présence d'une vie autonome en la personne du colosse qui se trouve maintenant en face de Laskyl.

- Lève-toi, fille de la terre et dis-moi vite ce pourquoi tu me déranges !

- Ô, dieu sans pareil, partout vénéré, je viens solliciter votre aide afin de reprendre ce qui me revient de droit. Les femmes de cette contrée et moi-même seront livrées à la domination exclusive des hommes, si nous ne nous défendons pas pour empêcher cela. Or, ils sont naturellement bien plus forts que nous, et plus nombreux, sans oublier qu'ils savent bien se battre de façon redoutable. Je souhaite donc, si vous le permettez, en appeler à vos pouvoirs indomptables pour pouvoir gagner ce combat, perdu d'avance, à défaut d'une aide divine.

- Jeune fille, tu sais bien que je ne m'abaisserai certainement pas à me mesurer à des humains. D'autre part, ceci est votre combat, non pas le mien… ! réplique aussitôt Jakul, d'une voix profonde aux accents graves.

Laskyl sent son sang se retirer d'elle, soudainement, à ces mots. Elle entrevoit déjà la fin pitoyable qui l'attend au vu de la tournure que semble prendre cet entretien.

- Toutefois, comme tu me plais beaucoup et que j'admire ton courage, je te communiquerai une force telle, que nul homme sur terre ne saura te vaincre. Nul arme ne pourra t'anéantir et tu pourras également transmettre une part de cette énergie aux personnes que tu voudras, je l'espère, en faisant preuve de la plus grande précaution.

Tu ne craindras plus ni la morsure du cobra ni celui du scorpion, car ton sang sera dès lors protégé contre l'attaque de tout venin, de tout poison.

- Mon dieu, mon maître, je vous serai éternellement dévouée, si vous m'offrez ce pouvoir qui nous sauvera assurément du pire, mes semblables et moi. Disposez de moi selon votre bon vouloir !

- Comment te nommes-tu, brave fille ?

- Laskyl, je me nomme Laskyl, vénéré maître !

- Laskyl, ce nom me plaît énormément... il résonne comme le doux écho d'une promesse longtemps rêvée et enfin réalisée ! affirme Jakul, tout en l'enveloppant d'un regard plus que charmé. Puis il l'interroge à nouveau dans un murmure si doux, qu'il semble provenir du mouvement imperceptible du vent :

- Laskyl, majestueuse fille de la terre, veux-tu t'unir à moi pour toujours ?

- Oui, maître, je le veux ! affirme-t-elle aussitôt, d'une voix sûre et affirmée, tout en domptant le trouble monumental qui s'est emparé d'elle depuis l'arrivée du dieu, se disant en son for intérieur :

"De toute façon, je n'ai plus rien à perdre" !

- Comprends-tu bien ce que cela signifie, fille de la terre... ?

- Que je serai vôtre pour l'éternité, mon seigneur et mon dieu !

- Il y aura un certain nombre de sacrifices auxquels tu devras consentir, de même que tes consœurs, en as-tu bien conscience, belle Laskyl ?

- Aucun sacrifice ne saurait être pire que celui de perdre ma liberté au profit d'une vie misérable vouée à servir des idiots ! Je suis à vous, peu m'importe dorénavant le prix à payer pour cela.

- Bien, pour te satisfaire, commençons par sceller le pacte par lequel ta volonté rejoint la mienne. Je dois m'unir à toi pour cela... Laskyl, merveilleuse fille de la terre, acceptes-tu de me recevoir en toi maintenant ?

- Je l'accepte ici et maintenant, venez...mon maître adoré, venez... ! lui murmure-t-elle tout bas, tout en tendant son buste vers le dieu.

D'une pression sur un point précis, Jakul fait pivoter les deux pans de son impressionnante armure et son corps translucide, semblable à celui d'un géant humain, apparaît enfin. Il cligne des yeux et l'éclat magnétique de son regard fait place à celui bleu nuit, empli d'une fièvre amoureuse, qui achèverait de soumettre à son charme n'importe quelle Diane ! Seulement alors, la touche-t-il, la ramenant à lui avec une douceur inimaginable de la part d'un tel colosse. Jakul soulève le menton de la Knorylienne, l'oblige à le regarder dans les yeux, puis il se saisit de ses lèvres pour un baiser qui achève d'irradier ses sens, à présent, survoltés.

Voir le dieu ainsi révélé dans toute sa superbe, sans armure, et tout à elle, fait courir dans ses veines un désir jusqu'alors insoupçonné. L'air et l'eau s'associent au-dessus de l'océan en un voile nuageux, qui va rejoindre le couple ainsi formé. En une spirale légère, ils dessinent un mur vaporeux, qui soustrait momentanément à la vue l'union du dieu et de la jeune rebelle. Jakul l'enlace tout à fait et se glisse enfin au plus intime de la belle, lorsqu'il la sent défaillir au point de le supplier pour qu'il la délivre de l'attente à présent insupportable qu'il a fait naître en elle. Le dieu s'empare alors de chaque parcelle de sa grotte sacrée avec une lenteur progressive, jusqu'à faire corps avec elle, complètement. Cabrée au-dessus du colosse agenouillé, Laskyl tremble de tout son être pendant un bref instant, qui recèle pourtant tout un pan d'éternité. Des secousses incontrôlables s'emparent joyeusement de toute sa personne, délicieusement soumise aux flux torrentiels du plaisir, et elle bénit intérieurement cet instant divin, tout en se félicitant d'avoir osé ce pari, sans faiblir. Jakul investit encore sa bouche, tandis qu'elle s'apaise et reprend son souffle et, dans un baiser long et surprenant il lui insuffle une force phénoménale, en récompense de son sacrifice, selon le pacte qu'ils viennent de conclure.

Pendant un bref instant, Laskyl a la nette sensation qu'un feu vif et brûlant circule à travers ses veines et qu'il pourrait la consumer toute entière de l'intérieur. Pourtant cette impression fait bientôt place à une autre, bien plus étonnante. La jeune fille se sent soudainement emplie d'une énergie nouvelle et d'une confiance telle, qu'elle pense pouvoir déraciner un chêne robuste ou déplacer un énorme rocher à la seule force de ses bras.

Cette énergie titanesque remue en elle de toute part et elle en ressent la présence aussi nettement que celle de l'air qu'elle respire. Exalté, son regard lui-même en est altéré. Dorénavant, il rayonne d'un feu tel, qu'il lui semble qu'elle pourrait même réduire en cendre toute personne qui oserait la défier, seulement en fixant celle-ci des yeux. Elle savoure pleinement ces nouvelles sensations, tout en contemplant son bienfaiteur avec une immense gratitude. Jakul l'observe silencieusement, tandis qu'elle prend conscience de ses nouvelles capacités, l'espace d'un bref moment, puis il précise :

- Tout ce que tu ressens, c'est tout ce dont tu es véritablement capable, si tu ne doutes pas de ta force. Écoute-toi donc et, selon les circonstances, fais-en bon usage, ma reine terrestre ! À présent, je dois m'en aller. Tout ce qu'il te faut savoir est inscrit dans ton cœur, dès à présent. Je ne te souhaite pas bonne chance, puisque tu n'en as nullement besoin, dorénavant. Tu es la *Chance*... ! Reviens me voir quand tu veux, tu sais déjà comment !

- Merci, murmure Laskyl, tandis que Jakul disparaît déjà au milieu des flots qui sont venus jusqu'à eux, le chercher, seuls témoins de ce rituel mystérieux.

La jeune femme reste seule encore un moment, le temps de savourer cette première victoire et de s'habituer à son nouvel état d'être surdoué, nanti de pouvoirs surnaturels. Le feu du foyer commence à montrer des signes de faiblesse lorsqu'elle reprend enfin ses affaires dans la grotte.

La Knorylienne s'emmitoufle tranquillement dans la capeline dont elle se recouvre presqu'intégralement, puis elle reprend la direction de la cité des hommes. Les sentiers sombres et sordides ne lui font guère peur et elle y voit nettement, à présent, comme en plein jour, même sans lampe pour éclairer son passage.

Dès le lendemain, Laskyl rend visite à chacun de ses acolytes. L'une après l'autre, elle leur transmet une part de la force investie en elle par le puissant Jakul. Le même baiser qui transmet cette énergie nouvelle scelle au passage l'alliance irréfutable entre l'élue du dieu et ses amies. Quiconque a reçu cette force d'elle ne pourra plus se retourner contre elle. Toute personne s'étant ainsi alliée à Laskyl et souhaitant lui nuire périra du mal même qu'elle voudra dirigée contre la mi déesse, si ce n'est qu'elle sera foudroyée sur-le-champ par ce même feu qui la protégeait auparavant ! Puis elle leur dévoile enfin l'entièreté de la stratégie qui les mènera à la victoire sur les mâles de leur peuple.

Une fois les douze femmes converties et totalement soumises à cette nouvelle quête, elles en forment rapidement d'autres.

C'est donc forte de l'appui de ses consœurs, formidablement préparées à l'assaut, que Laskyl se rend sur la place du palais, le *honmin*, comme nombre d'autres îliens, à l'appel des sages. En ce jour, les onze membres du conseil, avec le soutien de leurs deux nouveaux membres, s'apprêtent à proclamer les nouvelles lois devant être observées dans tout le royaume du Knoryl, dorénavant.

Installée dans une sorte de semi-cuvette, la cité royale déborde sur la vallée, située à une demi-heure de marche environ de la côte, en descendant doucement à flanc de coteau. Les demeures de pierre, séparées les unes des autres par des haies formées de piquets de bois taillés en pointe, se superposent ou se suivent, de bas en haut et de gauche à droite. Tout au fond du cirque de montagnes où elle se niche, au point le plus élevé de cet endroit, en partie taillé à même la roche, se trouve le palais royal. Avec les appartements royaux, son centre administratif et sa grande salle d'audience, servant également de salle de réception, cette imposante bâtisse se détache des autres de façon remarquable. L'ensemble est accolé à une vaste cour, qui s'étend en longueur vers le centre de la cité et qui donne sur la place principale.

Des caïlcédrats royaux, des flamboyants, des palmiers à chanvre et autres arbres d'ornement parsèment les jardins royaux, situés à l'arrière du palais, dans un ordre harmonieux. Les murs du palais, hauts d'au moins douze coudées, se referment sur le bâtiment central comportant la salle du trône, dont l'entrée donne sur la grande place. Des colonnes hautes, en pierres taillées, soutiennent en partie les voûtes légèrement incurvées des divers corps de l'ensemble. Une superbe colonnade disposée en hémicycle court de part et d'autre des murs principaux de la salle du trône et s'étire de chaque côté sur une belle distance d'environ cent pieds.

Les maisons du Knorylsea se déploient de long en large, sur des modèles variés, autour de ce corps principal. Bien que les vastes demeures appartiennent aux personnages de haut rang, tous les Knoryliens, jusqu'à ceux de condition modeste, disposent d'un habitat convenable ainsi que de l'essentiel pouvant leur permettre de mener une existence décente. Splendide joyau disposé presqu'au sommet de l'île, la cité royale de Knorylsea offre une vue édifiante sur la large zone côtière qu'elle surplombe. Un emplacement de choix, donc, pour la surveillance du royaume, en vue de la protection de tous.

Au loin, à la lisière d'une forêt d'eucalyptus bleus, de cyprès et de filaos, un vaste désert de sable de couleur ocre broute un peu d'espace sur les terres fertiles. Les senteurs parfumées des vergers de citronniers d'orangers, de pommiers sauvages, de figuiers, de manguiers et d'autres arbres exotiques regorgeant de fruits mûrs flattent les narines de façon plutôt appréciable.

Knoryl garde les qualificatifs liés à la royauté, en souvenir du temps lointain où les rois, quasiment omnipotents, exercèrent successivement une influence tyrannique sur leurs sujets.

Bien après le temps des rois qui disposaient de tous les droits sur leurs administrés, jusqu'à leur déchéance ou à leur mort, les termes usuels désignant les lieux publics sont restés les mêmes. Nul roi n'exerce plus les pleins pouvoirs sur l'île depuis la fin de ces temps sombres, que tous préfèrent oublier. L'assemblée régnante, élue par les chefs de tribus, est constituée de treize membres, estimés comme étant des plus admirables.

Les demeures de pierre, séparées les unes des autres par des haies formées de piquets de bois, taillés en pointe, se superposent ou se suivent, de bas en haut et de gauche à droite. Tout au fond du cirque de montagnes où elle se niche, à l'endroit le plus élevé de la ville, en partie taillé à même la roche, se trouve le palais royal, comportant les appartements du vénérable et ceux de certains membres du conseil, du centre administratif et de la grande salle d'audience. L'ensemble, accolé à une vaste cour, donne sur la place principale et s'étend en longueur vers le centre de la cité. Des murs, hauts d'au moins douze coudées, se referment sur le bâtiment imposant, constituant la salle du conseil, dont l'entrée principale donne sur la place centrale. De hautes colonnes en pierres taillées soutiennent en partie les voûtes légèrement incurvées des divers corps de ce palais. Une superbe colonnade, disposée en hémicycle, court de part et d'autre des murs principaux de la salle du trône et s'étire de chaque côté sur une belle distance d'environ cent pieds, face à la place centrale. Les maisons de Knoryl s'étendent de long en large, sur des modèles plus ou moins variés, autour de cet ensemble remarquable.

En ce jour mémorable, sur la grande place jouxtant la cour principale du palais royal, presque tous les habitants du Knorylsea attendent. Des dignitaires sont également venus des quatre coins du royaume pour entendre l'annonce qui y sera faite. Les spéculations vont bon train quant aux mesures qui viennent d'être prises et qui seront rendues publiques, d'un instant à l'autre. Un tohu-bohu innommable empêche toute communication normale, obligeant ceux qui parlent à crier pour se faire entendre de leurs voisins immédiats.

L'agitation ambiante cède progressivement la place à un silence salutaire, lorsque, l'un après l'autre, les sages sortent du palais et se tiennent en face du peuple. En ligne courbe, formant un demi-cercle, ils se dressent au milieu du corps de garde disposé de part et d'autre de leur groupe. L'air grave, la mine imperturbable, tels des monuments indétrônables, ils surplombent l'assemblée de façon hautaine et intimidante.

Au milieu de l'immense foule de ceux accourus pour entendre les nouvelles lois promulguées par les dignitaires,

Laskyl laisse les membres du conseil se prononcer sur le sort des femmes. Le plus jeune d'entre eux lit à voix haute et claire les nouvelles dispositions en vigueur. D'un bout à l'autre de la place centrale de la cité, on l'entend en rendre compte :

« Par décision unanime du conseil plénipotentiaire des sages, de nouvelles lois viennent d'être votées et elles sont immédiatement applicables.

Dorénavant, les filles et les femmes du Knoryl doivent entière obéissance à leur père et à leur époux.

D'autre part, les filles ne recevront plus l'instruction militaire.

Par ailleurs, seuls les hommes peuvent décider du mariage de l'une ou l'autre des filles et femmes de leur famille.

Une femme ne peut plus être vue en compagnie d'un homme, sans être accompagnée par un autre de sa famille

Les femmes ne seront plus admises dans les assemblées publiques en compagnie de leur époux. Elles devront y apparaître dans un espace séparé, qui leur sera spécialement réservé.

Une femme accusée d'adultère sera immédiatement répudiée et publiquement lapidée… ainsi de suite. »

« Assez, cela suffit ! » rugit une voix féminine, à la surprise générale, brisant le silence pesant et lourd qui plane sur l'assistance, depuis que le porte-parole des treize s'est mis à s'exprimer. Une jeune femme se fraye prestement un chemin au milieu de la foule et avance, d'un pas décidé, vers l'estrade alors occupée par les sages. Un pied posé sur la première marche, elle les observe un instant, les uns après les autres, puis elle se tourne vers la foule, interpelant l'assemblée à la volée :

- Dites, vous n'allez pas les laisser faire une chose aussi abominable… ! Y-a-t-il seulement parmi cette vaste foule quelqu'un qui pense comme moi que ces décisions sont abusives et absolument inacceptables ? interroge-t-elle, tout en balayant l'assistance du regard.

- Non, visiblement, nul n'ose contredire ces braves hommes qui se disent sages et qui décident injustement du sort de tous, sans se soucier de notre avis…

« Mais qui donc est cette fille qui ose ainsi braver les treize avec autant d'autorité ? », se demandent aussitôt les uns et les autres dans l'assemblée du peuple, soudain, ahuri par une telle audace.

- Jeune fille, tais-toi vite et cesse de nous narguer aussi sottement, si tu ne veux avoir à le regretter, la somme vertement Vorzaz, le nouveau doyen.

- Crois-tu vraiment que tu puisses m'intimider au point de m'imposer le silence sur cette injustice plus qu'inacceptable, Vorzaz ? l'interroge Laskyl en retour, avec un air de dédain affiché sur son beau visage.

- Approche donc et écoute bien ce que j'ai à te dire. Dorénavant, tu devras m'obéir au doigt et à l'œil, comme si j'étais ton propre dieu, et il en va de même pour toutes celles de ta condition, lui ordonne encore le doyen.

- Non, je vais rire de cette blague de mauvais goût, à m'en tordre les boyaux ! Sache donc ceci, toi, pauvre patin qui se croit si malin. Si tu étais dieu, je préfèrerais ne jamais exister et, encore moins, par toi. Suis-je assez claire ?

L'assistance se laisse aller à rire de cette répartie qui vient briser momentanément la tension latente qui maintenait la foule dans un état d'inquiétude quasi palpable. Les treize se regardent, de plus en plus embarrassés par l'étrange tournure que viennent de prendre les évènements.

- Laskyl, fille de Kongdaz, tu paieras cher pour cet affront public que tu viens de nous faire ! Vous tous ici présent, que cela vous serve de leçon à l'avenir ! Gardes, emparez-vous d'elle ! Qu'on la ligote immédiatement contre le vieux chêne que voilà et qu'on l'y fouette à mort ! On donnera ensuite sa carcasse en festin aux vautours qui planent au-dessus du haut plateau, au sud de la cité, vocifère Vorzaz, au comble de l'hystérie.

- Vous oseriez ! Eh, bien faites ! leur crie-t-elle avec un aplomb qui en fait frémir plus d'un.

Deux hommes courent déjà vers la jeune femme, prêts à se saisir d'elle. Mais alors même qu'ils se trouvent à une distance de plus de quinze pas d'elle, Laskyl étend les bras dans leur direction, tout en avançant. Contre toute attente, elle se met à les repousser, d'aussi loin, sans les toucher, jusqu'à ce qu'ils trébuchent contre un pilier ou autre obstacle et s'écroulent à terre. Sans attendre, d'autres gardes se ruent aussitôt à la rescousse, face à une foule atterrée, plus qu'incrédule ! D'un revers de la main, Laskyl les envoie tous valdinguer à une bonne distance de l'endroit d'où ils accourent. S'écroulant les uns sur les autres, ou heurtant de plein fouet un objet entravant leur chemin, ils s'assomment entre eux ou butent contre les arbres, les piliers et autres surfaces dures qu'ils rencontrent.

Les membres du conseil se regardent, interdits ! Ils n'en reviennent pas de voir cette jeune fille user soudainement d'une telle force, allant jusqu'à empêcher les gardes d'exécuter les ordres qu'ils ont reçus. L'un d'eux se met à hurler, en désespoir de cause :

- Sorcière, c'est une sorcière, attrapez-là... ! Mais nul n'ose alors relever ce défi incongru. Nombre de gardes essaient d'avancer craintivement, de façon groupée, espérant pouvoir contenir ainsi la force titanesque dont fait visiblement preuve Laskyl.

Cependant, dès qu'ils s'approchent d'elle d'un peu trop près, c'est-à-dire à moins de six pas, elle les envoie valdinguer d'un geste de la main, tout comme leur prédécesseurs. C'est bientôt le sauve-qui-peut. Mais c'est sans compter sur la présence jusque-là discrète des douze complices de Laskyl qui se manifestent à présent, à leur tour, empêchant quiconque de s'enfuir. Déployées tout autour de la place, derrière la foule, bras tendus devant elles, ces filles contiennent étrangement la masse affolée par la force de leurs énergies cumulées. Elles parviennent à créer ainsi une sorte de bouclier invisible dont nul ne peut s'échapper. Une fois la situation sous bon contrôle, Laskyl ordonne aux gardes de ligoter les treize aux piliers du palais et menace quiconque s'aventurera à s'interposer à de sérieuses représailles.

- Braves gens du Knoryl, je m'adresse à vous aujourd'hui pour dénoncer l'abomination que vient d'instituer le pouvoir en place. La femme, n'est-elle plus que cela pour vous, hommes, qui acceptez ces décisions iniques sans sourciller ? N'est-elle qu'un vil objet de procréation et de désir ? Ne sommes-nous bonnes qu'à vous enfanter, vous bercer, vous élever ou à vous plaire pour mériter d'exister ? demande Laskyl à la foule, en promenant un regard perçant d'un visage à l'autre. Un moment plus tard, après un silence lourd, quasi explosif, elle ajoute :

- Que ceux d'entre vous qui trouvent ces nouvelles lois injustes et véritablement déplorables s'avancent par-là, sans crainte ! À ces mots, environ une trentaine d'hommes viennent se placer à l'endroit indiqué, dans un désordre inévitable. Ceux qui espèrent encore un retour à la normale, après la reprise du contrôle par le conseil et l'armée, restent campés sur leurs positions et se contentent d'observer les évènements.

- Bien, à présent, que les femmes n'approuvant pas ces nouveaux décrets et qui souhaitent les voir abolis lèvent la main, sans peur, demande à nouveau la jeune femme.

- Qui nous dit que nous n'aurons pas à payer très cher le fait de nous manifester publiquement contre le pouvoir. Quelle garantie avons-nous d'échapper à la volonté des hommes, de toute manière... ? l'interpelle vivement une vieille femme, qui parle plus pour ses consœurs que pour elle-même, se sentant bien plus près de la tombe que la plupart de celles qui l'entourent.

- Mère, car vous avez largement l'âge de ma défunte mère, vous êtes une brave parmi les braves et votre requête est justifiée. Une rébellion contre l'ordre établi serait vaine sans l'assurance de pouvoir vaincre ceux qui en sont responsables. Mais, sachez toutes que nous avons les moyens de nos ambitions. Que les hommes de cette assistance qui se sentent de taille à nous affronter approchent et nous seront fixés sur le sort qui nous attend ! Un volontaire, non personne… ? interroge encore Laskyl, d'une voix ironique, quand, surgissant de l'arrière d'un pilier, un garde jusqu'alors dissimulé aux regards se précipite sur elle, main levée, prêt à abattre son sabre sur elle. Tout aussi soudainement, la jeune fille lève son bras gauche et balaye l'espace d'avant en arrière propulsant le malotru contre la paroi rocheuse située derrière elle. Le pauvre homme s'y brise, son crâne s'y fend et il retombe sur le sol, mortellement meurtri, telle une loque irrécupérable.

À présent excédée, Laskyl se retourne vers la foule :

- Je lis à travers vos yeux les pensées mauvaises, contenues bien à l'abri de vos cœurs sournois ! Voyez, ce qu'est devenu ce malheureux..., lui au moins, il était courageux ! Je vous vois tous là, prenant sur vous de ne pouvoir me sauter à la gorge pour me faire chèrement payer ce que vous pensez être un affront ! Mais quel mal y-a-t-il à vouloir jouir pleinement du même don que, hommes et femmes, nous recevons également de la nature. La vie n'est donnée à aucun de nous de façon partielle ! Alors, au nom de quoi, vous, hommes, voudriez-vous nous contraindre à n'en jouir que de façon parcimonieuse et fortement régulée ? De quel droit vous permettez-vous de venir nous dicter des lois quelles qu'elles soient ! Non, décidément, vous êtes des êtres ingrats et véritablement nuisibles.

- Cette jeune femme a raison ! Les hommes nous trouvent assez intelligentes pour les mettre au monde, mais trop stupides pour siéger avec eux au conseil des sages ou pour décider des affaires du peuple. Il est temps que cela cesse ! surenchérit soudain la vieille femme qui s'était déjà manifestée un peu plus tôt, contre toute attente.

- Merci, Mère, répond aimablement Laskyl, en lui offrant un regard reconnaissant, avant de poursuivre :

- Femmes, vous toutes qui estimez mériter mieux que le pitoyable avenir auquel vous destinent ces généreux seigneurs, si braves, ironise-t-elle.

- Approchez à présent et unissez-vous vos voix aux nôtres… ! exhorte Laskyl, une fois de plus, en s'adressant à ses consœurs.

Mais cette fois-ci, à peine a-t-elle fini de formuler cette invitation que les femmes, entraînant leurs filles, vont la rejoindre, l'entourant de part et d'autre, face aux hommes, à présent seuls. Quelques garçons suivent spontanément leur mère, sans chercher à comprendre ce qui se passe réellement.

- Eh, bien, nous y voilà ! L'heure est venue de prononcer la sentence qui s'applique à ceux de votre espèce. À vous, qui crachez copieusement sur le sein qui vous a nourris, sans la moindre compassion pour celles qui vous ont tendrement bercés, choyés et élevés par amour ! À vous, qui dénigrez allègrement la bouche et le ventre de celles qui vous ont embrassés avec ferveur et tendresse ! À vous, qui ne savez rien des douleurs de la maternité et qui n'avez nul souci des sacrifices du cœur aimant d'une mère, voici venue l'heure de vous tendre le miroir de vos propres incuries. Si vous me voyez aujourd'hui si amère, c'est que j'ai trouvé en vous d'excellents maîtres ! Et, parce que vous vous êtes montrés de si grands maîtres en matière de cruauté, je ne saurais vous décevoir en usant d'une moindre férocité à votre égard. Dorénavant, vous êtes condamnés à ne plus paraître en notre présence. Vous serez déportés et vendus très loin d'ici, pour avoir osé insulter de façon aussi ignoble, par vos forfaitures, la vie, ce don si précieux qui chemine en chacun de nous. Oui, la vie est la chose la plus précieuse qui soit sur cette terre ! La bafouer de façon aussi vile, c'est ne plus la mériter vraiment. Vous comprendrez donc que nous ne faisons que reprendre ce qui nous revient de plein droit, afin d'en jouir librement et pleinement ! Ne pouvant tolérer vos personnes hostiles au plus grand privilège que nous octroie le don précieux de la vie, c'est-à-dire, la liberté, nous n'avons guère d'autre choix que de nous séparer de vous, dorénavant. Traîtres vous êtes, traîtres vous resterez ! Aussi, nous ne ferons que prendre de sages précautions en vous éloignant d'une existence que nous souhaitons profitable pour chacune des nôtres.

- Pourquoi vouloir nous expatrier, gardez-nous plutôt comme esclaves..., supplie l'un des hommes, désespéré et accablé par le cours des évènements.

- Vous ne méritez même pas de nous servir, cher ami. Je suis au regret de ne pouvoir accéder à une telle requête. Un chien qui mord son maître est des plus dangereux, tout comme l'homme qui laisse insulter sa mère parce qu'il pense avoir grandi. Non, vous ne valez guère mieux que des chiens enragés et, comme tels, vous serez traités. Priez seulement pour avoir la chance de tomber sur de bons maîtres. Quant à vous, qui n'avez pas hésité à sortir des rangs pour marquer votre désapprobation à l'encontre des lois de vos pairs, vous serez libres mais nous verrons dans quelle mesure, plus tard. Pour l'instant, aidez les femmes à se saisir de cette bande de vauriens qui attend encore que ses sages vraisemblablement atteints de sénilité profonde viennent les sortir d'affaire. Conduisez-les dans les cachots du palais. Quiconque essaiera de se soustraire à mes ordres sera aussitôt neutralisé par mes sœurs de cœur que vous voyez là ! À présent, il est temps de parler de la nouvelle organisation du royaume. Tant de choses vont changer, mes amis... jamais plus le Knoryl ne sera ce bon royaume d'antan au sein duquel hommes et femmes se plaisaient tant ! Voici venue l'ère nouvelle, celle des femmes qui ne craignent rien ni personne... Voici venue l'ère des amazones ! Désormais, nous serons seules à régner sur cette île. À partir d'aujourd'hui, nous marquons ce royaume du sceau des amazones. Vive les amazones du Knoryl !

- Ayééééééééé..., reprennent avec ardeur les fidèles de Laskyl, aussitôt appuyées par les autres jeunes filles et femmes conquises par leur cause.

- Ayééééééééé, ayééééééééé, ayééééééééé..., entend-on l'assistance s'extasier pendant un bon moment. Puis Laskyl étend la main et impose le silence :

- Oui, nous reprenons enfin notre destinée en main ! Comme le dit si bien cet adage plus d'une fois millénaire, "On n'est jamais aussi bien servi que par soi-même !" Mes amies, place à la vie, place à la joie et que règnent enfin celles par qui se donne la vie ! Nous proclamons dès aujourd'hui nos propres lois… poursuit la jeune rebelle, en énumérant les nouveaux décrets qui seront dorénavant respectés dans tout le royaume.

Les femmes conduisent tous ceux qui leur sont hostiles dans les abris souterrains du palais et dans d'autres locaux sécurisés, grâce à l'aide de la trentaine d'hommes qui viennent de se rallier à leur cause. Le nombre des prisonniers étant important, elles les enferment par groupes de trois ou de cinq hommes dans les cellules disponibles, en fonction de la taille de l'espace qu'ils occupent. Cinq des douze principales alliées de Laskyl supervisent tout ceci et organisent la surveillance des prisons. Pendant ce temps, Laskyl envoie trois autres filles qu'accompagnent de nouvelles recrues à l'intérieur des terres afin d'y promulguer les nouvelles lois et de maîtriser les hommes qui s'y opposeront. Tout le royaume se trouve en effervescence depuis la rébellion des filles et des femmes du Knoryl. Les maisons, les rues et les places publiques, pour la plupart vidées de toute présence masculine hormis celle des enfants, ne résonnent plus des rires mêlés des hommes et des femmes, comme auparavant.

Le soir même, Laskyl se retrouve seule dans la demeure familiale. Une solitude monstrueuse et pesante s'empare alors de celle qui vient de tenir tête au redoutable groupe des treize ainsi qu'à leur garde attitrée. Elle arpente fébrilement l'espace offert à ses pas nerveux, passe et repasse d'une pièce à l'autre, sans pouvoir s'apaiser. La jeune femme est consciente de l'ouragan qu'elle vient de déchaîner et qu'elle espère pouvoir contrôler. Désirer le pouvoir étant une chose, l'exercer au quotidien, de façon appréciable, en est une toute autre. Bien qu'elle ait été à bonne école avec son père, qui était un homme de pouvoir des plus remarquables, elle ressent en cet instant précis le poids des responsabilités pesant uniquement sur ses frêles épaules. La solitude du guerrier l'étreint terriblement avec force, et elle en frémit par moments, bien malgré elle.

Au bout d'un moment, lassée par ce va-et-vient stérile qui ne lui apprend rien de nouveau, elle se rend dans la chambre de son défunt père, puis s'assied sur la couche vide, encore recouverte d'une couverture de laine. Laskyl observe la pièce en un mouvement lent du regard, comme si elle la découvrait pour la première fois et qu'elle ne voulait en perdre aucun détail. Ses yeux reviennent se poser sur la malle contenant les vêtements de celui qu'elle n'a pas fini de pleurer et y restent rivés, l'espace d'un instant. La fille du général sauvagement assassiné se lève alors et se dirige vers ce meuble reposant sur une table basse. Elle en soulève délicatement le socle, contemple le contenu qui y est caché comme on découvre un trésor. Puis elle y glisse ses mains et en ressort une longue tunique en lin blanc que revêtait son père pour certains jours de fête. Elle l'enfile presque religieusement, retourne s'étendre sur le lit, à même la couverture, puis elle se laisse aspirer peu à peu par l'irrésistible spirale d'un sommeil salvateur.

La salle du conseil semble soudain tout autre. Au lieu des visages marqués par le poids des ans qu'affichaient auparavant, ceux qu'on nommait les sages, ceux plus ou moins jeunes des femmes-guerrières animent à présent ce lieu symbolique. L'atmosphère y est pesante, lourde et presque oppressante. L'attitude des nouveaux occupants de l'endroit est gauche et mal assurée, malgré l'audace vivace qu'on peut lire au fond de leurs yeux. La lumière du jour éclaire largement la pièce à travers les lucarnes disposées en demi-cercles sur les parties hautes des murs. Laskyl balaie l'assistance du regard. La jeune femme détaille chacun des visages de ses pairs, l'espace d'un instant. Un bref moment qui paraît pourtant très long, puis elle se décide enfin à briser le silence palpable qui s'est installé parmi elles :

« Mes amies, mes chères sœurs de cœur, nous voici réunies aujourd'hui afin de décider du sort des hommes de notre royaume. Pour nous-mêmes, nous avons déjà choisi entre la servitude à laquelle ils nous destinaient et une liberté nouvelle qui n'ira pas sans sacrifice. », expose-t-elle à l'assistance d'une voix déterminée. Reste à définir le sort à réserver aux hommes du royaume, globalement !

- Qu'on les jette à la mer ! proclame alors Druma, tout en rigolant, ils ne valent guère mieux.

- Il est vrai qu'ils méritent une sacrée leçon pour le peu de cas qu'ils voulaient faire de nous. Toutefois, je pense que nous ne devrions pas nous montrer plus cruelles qu'eux, à moins d'y être véritablement contraintes, suggère la fille du défunt vénérable Kongdaz.

- Que proposes-tu alors, Laskyl ? s'enquiert Azulema, qui s'était à peine exprimée depuis le début.

- J'avais annoncé publiquement qu'on les vendrait, mais je pense que nous devrions réfléchir davantage au sort auquel ils seront destinés.

- Cette idée me plaît bien. Au moins, ils nous serviraient à quelque chose grâce aux bénéfices pouvant résulter de cette transaction ! observe Zazla.

- Je pense que nous devrions vendre uniquement les hommes les plus récalcitrants et les plus hostiles à notre cause. Nous pourrions envoyer en exil, sur l'île inhabitée de Guelta, où ils ne manqueront de rien, ceux qui ne veulent pas vivre selon nos règles, sans pour autant en vouloir à notre intégrité. Les femmes qui préfèreront vivre conformément à l'ancienne tradition pourront les y accompagner. Quant aux garçons, les mères qui décideront de suivre leurs époux en exil pourront les emmener avec eux. Seuls ceux d'entre eux, âgés de moins de sept ans et dont la mère le souhaite pourront demeurer avec nous. Qu'il soit pourtant clair qu'ils n'accèderont jamais à un poste à responsabilité. Ils seront élevés selon une nouvelle méthode pédagogique et ils apprendront à nous respecter et à nous obéir, sans discussion ! précise Laskyl.

- Pourquoi ne pas garder ceux qui ne veulent pas de notre nouveau mode de vie, sans être hostile à notre cause ? interroge Dazla, une jeune fille au regard doux, qui ne sacrifierait jamais sa liberté pour autant.

- Comprenez-moi bien ! Si nous passons l'éponge et acceptons de continuer à subir la domination des hommes, toute notre action sera vaine. Notre espérance de retrouver une existence décente pourra elle-même être réduite au néant. Les hommes n'apprennent rien du passé, en vérité, comme nous le savons toutes. Alors, pour ce qui est de leur donner une nouvelle chance de revenir à des sentiments meilleurs à notre égard, je reste perplexe. Sachez également qu'ils ne nous pardonneront sûrement pas de les avoir humiliés de la sorte. L'orgueil blessé d'un mâle est toujours pire qu'une plaie mortelle pour chaque femme. Néanmoins, si nous décidons de rester les seules maîtresses de nos vies, nous devrons nous passer du mode de vie qui était le nôtre avant que la folie des hommes ne l'emporte sur la raison. Il nous faudra alors nous défaire de l'existence régie par les anciennes coutumes, telle que nous la connaissons. Le couple composé du binôme homme-femme ne sera plus le modèle de référence au sein de notre communauté. Nous serons certainement dans l'obligation de recourir à des méthodes nouvelles, assez inhabituelles, pour pouvoir nous accoupler avec les hommes.

- L'accouplement avec l'homme ne représente pas vraiment une nécessité, pour ne pas dire qu'il s'agit plutôt d'une corvée, en ce qui me concerne, affirme alors d'une voix caverneuse une femme d'une quarantaine d'années environ.

- Pour assurer la survie des nôtres, nous serons obligées de recourir à l'accouplement avec les mâles de notre espèce. Recueillir en nous leur semence constitue, à ce jour, l'unique moyen de reproduction que je connaisse, précise Laskyl en ajoutant :

- Si quelqu'un a une meilleure idée, je suis prête à l'entendre… ?

Nul ne pipe mot. Seuls s'élèvent les murmures de l'assistance qui s'interroge sur la meilleure façon d'aborder cette difficulté majeure. Laskyl reprend son exposé, le plus sereinement possible, après avoir pris une inspiration profonde :

- D'autres femmes nous ont précédées dans cette même voie, qui est celle de se passer de la présence des hommes dans la vie de tous les jours. À ce que j'en sais, cela ne s'est pas fait sans dommage, car elles ont usé d'une violence parfois pire que celle imputable aux hommes, à l'encontre de ceux-ci. Ces femmes allaient jusqu'à tuer les mâles, après s'en être servi comme de simples objets destinés à satisfaire leurs besoins. Elles n'épargnaient pas non plus les garçons nés des rapports sexuels forcés qu'elles imposaient aux géniteurs de leurs enfants. Ceux-ci étaient éliminés dès la naissance ou mutilés dès l'enfance afin de les empêcher de croître en vigueur, au risque de constituer une menace ultérieure.

- Hééééééééé ! s'exclament ensemble les membres de l'assemblée, choquées par ces révélations assurément contraires à leur conception des choses.

- Je suis d'accord avec vous. Ces méthodes sont plus que barbares et elles ne m'inspirent rien de bon. Nous devrons donc décider de qui nous voulons être et de quelle manière, en notre âme et conscience, avance Laskyl, en faisant mesurer à ses consœurs l'ampleur de la tâche qui les attend.

- Je propose d'établir des relations particulières, basées sur le libre-échange avec certaines peuplades, en ce qui concerne la reproduction de l'espèce. Ainsi, nous pourrions continuer à nous accoupler avec les hommes, au besoin, sans avoir à recourir à la violence.

À présent, mes amies, il est temps de se décider. Qui veut que nous continuions à mener une existence à l'ancienne, en pardonnant aux hommes leur cruauté ?

- Personne… ? interroge encore Laskyl au bout d'un moment, face au silence éloquent qui s'ensuit.

- Que toutes celles qui souhaitent vivre libres, sans influence masculine se lèvent maintenant, leur demande-t-elle encore.

D'un seul bloc, toutes les femmes présentes se redressent et campent fièrement sur leurs jambes.

- La liberté ou rien ! tonnent-elle en chœur, en répétant à plusieurs reprises ce qui devient dès lors leur credo !

Laskyl se joint à elles dans ce chant vibrant qui sourd spontanément des entrailles mêmes de ces femmes, qui se découvrent un chemin autre vers la pleine réalisation de leur propre destinée. Leur véritable potentiel à exister par elles-mêmes s'impose soudainement à elles avec force. L'évidence même ! Indubitable, pleine et entière, est alors leur volonté collective de se soustraire au pouvoir des hommes. Puis elles arrêtent toutes leurs regards sur Laskyl, se taisent, et l'invitent à continuer à les instruire à propos de sa vision de la vie nouvelle qu'elles souhaitent embrasser.

- La question qui me vient immédiatement à l'esprit, à présent, est celle-ci : que ferons de nos hommes devenus à présent nos pires ennemis.

- Pourquoi ne pas leur faire boire du même breuvage insipide et amer qu'ils voulaient nous servir matin, midi et soir ? suggère l'une des femmes, d'un air haineux.

- Oui, contraignons-les à une existence servile afin qu'ils prennent, à leur tour, la pleine mesure de ce que c'est que d'être méprisé par les siens ! renchérit une autre.

- Oui, oui, ce ne serait que justice ! Le moins qu'on puisse dire, c'est qu'ils ne méritent pas mieux que d'être réduits à l'existence misérable à laquelle ils nous destinaient, proclament plusieurs d'entre elles, presque d'une même voix.

- Ce sont des traîtres. La plus grande méfiance et une prudence de tout instant s'imposent les concernant, observe la doyenne d'une voix amère.

Laskyl étend alors les bras et les déploie en un geste répété, visant à apaiser les esprits, puis elle se prononce dès le calme revenu :

- Nous pourrions effectivement envisager une telle chose. Toutefois, et je vous le demande en toute sincérité, pensez-vous que vous pourriez soutenir sans sourciller les regards blessés de ceux qui, hier encore, étaient vos époux, vos frères, vos pères, vos oncles ou vos cousins… ? Vous verriez-vous leur donnant des ordres ou des coups, comme le font certains pour leurs ennemis jurés ? Pour ma part, je ne pense pas être capable de supporter cela, ajoute-t-elle avant de se taire.

Chacune des femmes présentes a baissé la tête, dès lors que Laskyl a souligné l'aspect inhumain d'une solution purement maladroite et vindicative. Elles se mettent à réfléchir à la meilleure solution possible, soucieuses de ne pas devenir pires que ceux qui voulaient les persécuter. Une mouche un peu trop bruyante vole, faisant vibrer l'atmosphère des échos de ses vrombissements agaçants. Plusieurs paires d'yeux la suivent simultanément dans sa trajectoire, et elles l'auraient sans doute clouée sur place, si elles l'avaient pu, tant le bruit parasite inattendu qu'elle produit les énervent. Elles s'évertuent pourtant de raisonner, sans se laisser perturber par la présence de cette bestiole qui semble s'être invitée à la table des débats. Les femmes en sont encore à maudire cette fichue mouche, lorsqu'un rayon de soleil vient se poser sur le front de Laskyl, auréolant de façon saisissante son beau visage qui rayonne d'une lueur mystérieuse. L'une d'entre elles remarque instantanément l'étrange phénomène et fait aussitôt signe à sa voisine afin que celle-ci puisse également profiter du spectacle. Tous les regards suivent bientôt cet étrange trait lumineux et convergent rapidement vers la personne de la fille du défunt général. Une ferveur toute neuve s'empare naturellement du cœur de chacune d'elles.

- Il est heureux que nous ayons en toi, Laskyl, un chef dont la bouche exprime la sagesse ! affirme alors la plus âgée des femmes, qui vient de se lever pour s'adresser à la jeune orpheline, tout en prenant ses consœurs à témoin. Encore sous l'effet de la surprise, celles-ci demeurent muettes d'admiration face à leur consœur dont elles ont toujours apprécié la nature extraordinaire.

- Mes amies, comme nous l'avons toutes constaté à plusieurs reprises, Laskyl a l'étoffe d'un véritable guide et elle sait s'exprimer et agir en tant que telle. C'est d'ailleurs à son initiative que nous sommes réunies ici, après nous être défendues de la cruauté des hommes de notre propre peuple. Je suggère donc que nous lui octroyions le seul titre qui convienne à une personne de son rang, celui de souveraine du royaume du Knoryl.

- Vive Laskyl, vive notre reine éclairée, vive la liberté…entonnent en chœur l'assistance des filles et des femmes, à présent rendues à elles-mêmes !

- Oui, nous voulons que Laskyl continue de nous éclairer et de nous guider sur cette voie nouvelle que nous venons de choisir, proclame l'une d'elles avec fougue.

- Qui d'autre que Laskyl saurait nous conduire sans faillir vers notre nouvelle destinée, qui ne sera assurément pas exempte d'embûches ? Oui, vive Laskyl, souligne une autre.

Et, de vivats en vivats, l'euphorie générale emporte la reine dans un élan de totale communion. La digne fille du défunt général se laisse bercer par l'ambiance euphorique, empreinte de ferveur qui l'entoure alors, le temps de mesurer toute l'ampleur de la réelle portée de cette reconnaissance, hautement significative.

Les membres de l'assemblée mesurent, chacune en leur for intérieur, tout le chemin parcouru jusqu'alors. Elles ne peuvent que se rendre à l'évidence de la justesse de cette décision concernant celle qui est à l'origine du bouleversement social qu'elles soutiennent. Elles n'oublient pas non plus à quel point ses idées comme ses actions se sont toujours avérées aussi remarquables qu'avisées. Un moment de tendresse flotte dans l'air, le temps pour elles toutes de s'imprégner des sensations bienveillantes de l'atmosphère ambiante.

- Mes amies, Laskyl a raison. Essayons de faire en sorte de ne pas porter le poids d'un crime bien plus effroyable que celui de ceux que nous avons désavoués, reprend la doyenne, au bout d'un moment, une fois l'effervescence retombée, rappelant l'objet initial de la discussion.

- Dans ce cas, vendons-les et tirons-en profit, suggère à son tour Zazla.

- Excellente idée, approuve aussitôt Laskyl, cela résoudra en partie les difficultés liées à la question épineuse que nous nous posons. Je propose d'exiler ceux qui ne nous veulent pas de mal, sans pour autant adhérer à notre cause.

- En espérant qu'ils n'aillent pas imposer ailleurs les préceptes iniques pour lesquels nous avons hâte de nous débarrasser d'eux, en fin de compte, relève une autre.

- Pour autant, nous ne pouvons pas nous passer de la présence de tous ces hommes pour l'instant. Parmi ceux qui m'ont soutenue lors de mon intervention sur la place publique, se trouvent quelques braves dont les connaissances pratiques pourront nous servir de façon judicieuse, rappelle Laskyl.

- Que suggères-tu donc les concernant, ma reine ? s'enquiert la doyenne.

- Je croyais que nous devions nous débarrasser de tous ces nuisibles qui avaient oublié jusqu'aux liens qui nous unissaient à eux, tandis qu'ils promulguaient leurs lois infâmes, insiste encore la même femme qui voulait déjà qu'on les réduise en esclavage. Certes, nous ne leur permettrons plus de régner ni même d'accéder à un quelconque poste à responsabilités. Plus aucun d'eux n'aura à commander l'une d'entre nous, aussi longtemps que perdurera le nouvel ordre social que nous établissons ! leur assure opportunément Laskyl avant de poursuivre :

- N'oubliez pas toutefois que nous avons encore beaucoup à apprendre des hommes dans les domaines nécessitant des savoir-faire techniques. Qui parmi nous sait comment réguler les digues afin de maîtriser les flux et reflux de nos cours d'eaux, en fonction de l'intensité des pluies ? Qui sait forger des armes, fabriquer les outils de précision indispensables aux métiers les plus exigeants physiquement ? ou encore, qui sait administrer un quartier, une ville un royaume ? Je ferai moi-même l'apprentissage du pouvoir dans les jours qui suivront, puisque vous venez de me désigner à la tête du royaume. Cela dit, je m'attèlerai à la tâche en toute humilité, car il me reste encore beaucoup à apprendre à bien des égards, souligne Laskyl, en soutenant à tour de rôle les regards bienveillants arrimés au sien.

Dès le lendemain, la nouvelle est annoncée à travers tout le royaume. Toutes s'apprêtent à célébrer l'intronisation de Laskyl un jour prochain. La réorganisation des diverses activités quotidiennes se poursuit avec courage et entrain. Tous sont mis à contribution, car pour l'heure, il s'agit de poser les fondements sur lesquels évoluera la gestion des affaires pour que l'île puisse être dirigée de façon aussi admirable qu'efficace. Les Knoryliennes et les quelques hommes qui les secondent dans l'accomplissement de leur destinée se lèvent tôt, se couchent tard, dans la joie et la bonne humeur. Les femmes restent néanmoins sur leur garde, en attendant de prendre en main la pleine possession du royaume.

Trois jours plus tard, Laskyl réunit le nouveau conseil constitué de ses douze acolytes et de la vieille femme qui l'a toujours publiquement soutenue, depuis la rébellion menée contre le pouvoir des sages. Elle leur expose alors l'origine de sa force spectaculaire, ainsi que la nature du pacte conclu avec Jakul.

« Oui, mes amies, sans ce pacte conclu avec le dieu des eaux, nous n'en serions pas là aujourd'hui. Notre force nous vient de lui et notre victoire éclatante sur les hommes, nous la lui devons aussi ! Mais, comme vous le savez toutes fort bien, on n'a rien, sans rien ! Dorénavant, je suis devenue l'épouse de Jakul, l'immortel et chaque reine, après moi, devra s'unir et se soumettre à lui. Tous les cinq ans, la reine devra aller à la rencontre du maître afin de se faire féconder. Si l'enfant qui voit le jour à l'issue de la fusion de leurs deux êtres est une femelle, elle sera élevée comme une princesse et pourra accéder au trône plus tard, selon le testament de la reine. Seules les vierges seront destinées à régner et seul Jakul pourra choisir celle qui lui convient parmi toutes celles jugées dignes de lui. Les princesses seront les filles nées de l'union entre le dieu et les reines successives. Si toutefois l'une d'elles se montre inapte à la gouvernance du peuple, elle ne fera naturellement plus partie du groupe de celles qui seront présentées au dieu. Dans le cas où une exclusion pose problème, le conseil délibèrera sur la base de la majorité des voix et décidera si, oui ou non, la princesse concernée devra être déchue de son rang. »

- Et s'il s'agit d'un mâle, qu'adviendra-t-il de lui, puisque nous ne voulons plus d'homme au pouvoir ? s'enquiert Azulema, l'une des douze initiées de Laskyl.

- Eh, bien, il sera rendu à son père au cours d'une cérémonie rituelle, dès le septième jour de sa naissance, annonce encore Laskyl.

- Mais comment cela se pourra-t-il, puisqu'il ne sera qu'un demi-dieu ? Comment survivra-t-il dans les flots ?

interroge à son tour Kaïna, l'une des filles les plus robustes du conseil.

- Son père saura faire en sorte qu'il s'adapte à la vie au plus profond des eaux. C'est pour cette raison qu'il souhaite récupérer ses enfants de sexe mâle très tôt. Passé ce délai, leur survie semble risquée. Or, ils ne sauraient vivre au milieu de nous en espérant pouvoir régner un jour. D'autre part, leur père ne tient pas à ce qu'ils vivent chez les humains en étant l'ombre d'eux-mêmes… ! Cette phase d'acclimatation s'avère donc indispensable, autant pour leur survie que pour leur avenir.

- À quel avenir peuvent-ils donc prétendre dans le royaume du dieu marin, en étant à moitié humains ? J'entrevois difficilement le sort qui pourra leur être réservé là-bas ! s'inquiète Shazila, une jeune fille au regard brillant d'intelligence, dont la voix douce et ferme en appelle naturellement au respect.

- Excellente question à laquelle je ne puis décemment répondre à ce jour.

Ce dont je puis vous assurer, néanmoins, c'est que Jakul ne souhaite pas voir sa descendance réduite à un rang minable. Il m'a assuré qu'ils seront bien traités et qu'ils jouiront des privilèges dignes de leur statut de princes, au sein même de son royaume. Il n'est pas dit qu'ils pourront y régner, mais ils n'y seront ni esclaves ni serfs, ajoute Laskyl. Elle se tait un moment, observe à tour de rôle les membres de son auditoire, et déclare d'une voix claire et limpide :

- Filles du Knoryl, l'heure est venue de nous démarquer des simples femelles depuis si longtemps dédiées à la procréation et au plaisir des hommes ! Nous devons nous dissocier de cette image réductrice qui nous colle à la peau depuis si longtemps, sans oublier qu'elle nous mène toujours d'une impasse à une autre. Pour cela, nous devrons opter pour une apparence qui nous affranchira de façon remarquable de la piètre idée des poupées de chair qu'ils ont eue de nous durant des millénaires. Dès à présent, soyons ces femmes qui s'assument, embrassant pleinement leur destinée, sans avoir à en référer à des maîtres supposés… oui, soyons des amazones ! Les Amazones du Knoryl… !

- Qu'est-ce donc qu'une amazone ? questionne à son tour Druma, une fille de petite taille, d'une agilité redoutable.

- Une *Amazone,* mes amies, ce n'est plus ni une femme ni un substitut d'homme ! C'est cette nouvelle créature, née de sa seule volonté à vouloir s'affranchir de tout ce qui peut l'empêcher d'exister, librement, selon sa nature profonde ! Une amazone, c'est cette femme qui veut exister en étant, plus qu'une femelle, une créatrice, une aventurière et une dominatrice ! Après tout, pourquoi continuer à accepter de courber l'échine devant ceux qui nous doivent tout et qui, cependant, persistent à vouloir nous reléguer à l'arrière-plan. Voici venue l'heure de nous affirmer, à notre tour. Voici venue l'heure des amazones du Knoryl !

- Comment devient-on une amazone ?

- Justement, il nous faudra réfléchir sérieusement à la façon dont nous pourrions nous défaire du passé, tout en demeurant de dignes filles de Mère Nature. J'ai pensé à la chose suivante ! Puisque le Créateur nous a dotées d'une paire de seins afin de nourrir nos petits et d'entretenir le désir des hommes, et puisque ces derniers n'ont rien trouvé de mieux que de limiter nos compétences à ces deux fonctions et à leurs dérivées immédiates, dont celle de la bonne ménagère ou de la mère consolatrice et toujours disponible, pourquoi ne pas nous séparer de cet attribut de notre corps ? Pourquoi ne pas nous défaire de ce qui nous réduit jusqu'à présent aux seules fonctions d'épouse et de mère ?

- Mais, sans seins, nous ne ressemblerions plus à rien… ! s'insurgent aussitôt plusieurs membres de l'assistance !

- Vous avez raison, sans seins, nous aurions piètre allure. Néanmoins, avec ces mêmes attributs, nous ne serons jamais que des femelles dévouées à la concupiscence et à la rapacité des hommes.

- N'oubliez pas qu'un homme voit avant tout chez nous une paire de seins en plus d'un derrière aguichant ! surenchérit Zazla, la vieille femme, en riant à pleine gorge.

- Ça, c'est bien vrai !

- Pour les hommes, nous sommes d'abord un objet de convoitise, puis de pur rejet, une fois leurs pulsions sexuelles assouvies ! Je propose donc, non pas que nous nous défassions de nos deux seins, mais seulement de celui des deux qui pourrait nous empêcher d'être efficace au tir à l'arc. Ainsi, nous pourrons toujours allaiter et jouir des plaisirs qu'offre une mamelle, tout en restant de véritables guerrières. C'est à ce prix que les hommes comprendront ce dont nous sommes capables. Alors seulement réaliseront-ils que notre détermination ne se limite pas à vouloir être à l'égal des hommes mais qu'elle nous pousse tout aussi bien à nous surpasser. Un sein en moins, c'est à la fois beaucoup et bien peu ! C'est beaucoup dans le sens où nous serons amenées à nous meurtrir pour en arriver là ! C'est bien peu si l'on considère le fait que, par ce geste symbolique, nous rejetons notre condition de femme soumise et bonne à engrosser. Nous affichons clairement ainsi notre capacité à envisager l'existence de façon à ne plus dépendre des invisibles chaînes par lesquelles nous tenaient nos pères, nos frères, nos époux ou même nos enfants ! C'est la liberté retrouvée que nous célébrons en ne paraissant plus que dotées d'un seul sein ! Ainsi, le monde saura que nous n'avons pas tourné le dos à la vie et, avec elle, à l'amour, mais seulement à la barbarie aveugle et sans nom qui nous contraignait à une vie d'esclaves bien-aimées ! Comprenez-vous la véritable teneur de mon propos ? interroge soudain alors Laskyl, en survolant l'assistance du regard. Un silence profond et lourd plane l'espace d'un instant sur l'assemblée des quatorze rebelles proches d'elle, puis l'une d'elles s'exclame :

- Nous sommes allées trop loin pour reculer maintenant ! Je ne sais si je m'habituerai à vivre avec un seul sein mais, si c'est le prix à payer pour demeurer libre, je souscris vivement à ce traitement. À choisir entre la possibilité de pouvoir jouir de ma pleine liberté et celle qui consiste à la sacrifier, en vain, pour satisfaire les désirs égoïstes des autres, j'opte incontestablement pour la première !

- Moi aussi, j'y souscris !

- Je vous suis…

- Je ne tiens pas à me retrouver en reste, vive les amazones, s'écrie une autre, et ainsi de suite jusqu'à la dernière.

- Comme preuve de notre bravoure et en guise de notre détermination à accroître notre aptitude au combat, je propose donc que nous supprimions l'un de nos deux seins. Ainsi les hommes seront-ils convaincus que notre volonté à nous assumer sans eux est sans faille et, enfin, commenceront-ils à nous craindre ! Je sais qu'il s'agit là d'un lourd sacrifice pour chacune d'entre nous, à tout niveau. Mais cela deviendra l'authentique symbole de reconnaissance des nôtres. Cet acte marquera le début de *l'ère des Amazones* sur la terre du Knoryl. »

- La majorité approuve cette décision grâce à un vote à main levée. Laskyl invite alors ses consœurs à la première cérémonie rituelle, durant laquelle une quarantaine de femmes subiront l'ablation d'un sein.

- Vive, les amazones, reprennent-elles, enfin, toutes en chœur !

- Oui, vive les amazones ! Cependant, mes amies, je suis bien trop vieille maintenant pour une telle opération. Toutefois, je suis de tout cœur avec vous, croyez-le bien ! exprime à son tour Zazla, la vieille femme.

- Soyez rassurée, Mère ! nous ne comptions pas vous imposer cela. D'ailleurs, seules les femmes qui le souhaitent vraiment, rejoindront notre armée. Nous avons besoin de main d'œuvre pour toutes les taches de la vie quotidienne et chacune aura sa place dans la nouvelle société que nous édifierons ensemble !

- Toutes les femmes et les filles du royaume sont naturellement les bienvenues dans cette nouvelle organisation sociale, sauf celles qui choisiront de continuer à vivre selon les schémas anciens.

- Par ailleurs, nous devrons rendre un culte en remerciement à Jakul pour sa protection, chaque année, au moment du solstice d'été, afin de lui renouveler notre confiance, si nous voulons continuer à jouir de sa protection ! Nous bâtirons dès que possible, un temple qui sera dédié au dieu des eaux ! Il ne souhaite pas y être représenté d'une façon extraordinaire ! Seul un coquillage géant, posé sur l'aplat d'un rocher surélevé nous rappellera sa présence. Son alliance nous est précieuse et nous ne manquerons pas de lui témoigner notre pleine reconnaissance, chaque fois qu'il le faudra.

- Cette marque de reconnaissance exige-t-elle des sacrifices rituels ?

- Non, elle ne nécessite aucun bain de sang ! Soyez rassurées, nous n'aurons pas à immoler des vierges pour contenter Jakul. Néanmoins, chaque reine du Knoryl lui sera consacrée en tant qu'épouse et de cette union naîtront les potentielles futures reines !

Pendant ce temps, dans les cellules où ils sont détenus les hommes semblent perdus dans des discussions animées. Visiblement, certains d'entre eux cherchent à connaître l'origine du mal qui amena discorde et déchéance sur leur belle et paisible île. De cellule en cellule, la rumeur va bon train et rebondit ici et là, comme portée par une houle invisible, valsant au gré des directions que prennent alors les voix.

« Il me semble bien que c'est cet idiot de Tchankrol qui est la cause de toutes nos misères ! Si cet imbécile n'avait pas assassiné sa femme et répandu le doute sur le bien-fondé de l'égalité des droits entre les hommes et les femmes, nous n'en serions pas là ! », dénonce soudain l'un des prisonniers.

- Il fit même pire, il haranguait tout ceux qu'il croisait dans la rue, pendant qu'il exécutait sa peine, se plaignant de son sort et répétant continuellement à quel point la femme s'avère l'ennemi de l'homme ! surenchérit un autre d'une voix ulcérée.

- Quelle misère, quel affreux malheur… ! À cause de ces couilles molles qui ne savent pas se tenir, nous en sommes là, à déplorer notre bonheur qui ne se conjugue plus maintenant qu'au passé !

- Où se trouve donc ce chien de Tchankrol… ?

- Tchankrol, Tchankrol, où es-tu, fils de chien… ! vocifère l'un d'eux.

- Elle se trouve ici, avec moi, cette hyène puante qui nous a tous entraînés dans cette belle galère, hurle à son tour l'un des détenus, tout en se ruant sur l'un des quatre autres qui partagent la petite cellule d'à peine cinq pas sur six dans laquelle ils sont misérablement agglutinés.

L'homme qui vient de s'exprimer ainsi saisit Tchankrol par le haut de sa tunique et le projette violemment contre la glaciale paroi souterraine, taillée dans un bloc de roche dure. L'accusé s'y cogne et retombe à terre blessé. Sa joue droite fendillée saigne et il a du mal à se relever. Mais l'autre n'en a cure et l'empoigne à nouveau, prêt à lui en faire voir davantage.

- Que vais-je faire de cette vermine, mes amis, dites-le moi…j'attends votre avis afin qu'on lui règle son compte à cette loque humaine qui ne sait ni garder son sang-froid ni sa langue vénéneuse ! interroge à la ronde, d'une voix fulminante de colère, l'homme à l'humeur vengeresse.

- Qu'on le pende ! hurlent les uns.

- Qu'on l'écorche vif ! s'époumonent d'autres.

- Qu'on lui fasse bouffer sa langue et ses couilles de minable, s'excitent d'autres encore, dans un brouhaha à présent incontrôlable !

- Non, pitié, ce n'est pas moi le premier coupable... écoutez-moi, je vous en supplie, ce n'est pas moi... ! essaie de se défendre Tchankrol, dès qu'il réalise qu'il se trouve à deux doigts d'être sacrifié, au nom d'une vindicte populaire que rien ne saurait calmer.

- Que dit-il... que ce n'est pas lui ? Mais qui donc, pauvre imbécile, a pu se montrer aussi inconscient et traître que toi, Tchankrol, le tance vertement l'un de ses congénères.

- Écoutez-moi donc, c'est Hamjojan qui est à la l'origine de tout ceci. Rappelez-vous combien il aimait se plaindre, tandis qu'il se morfondait d'ennui, avant tout ceci ! Plus rien ne semblait lui convenir, comme si Knoryl n'avait plus rien à offrir qui puisse sauver sa misérable carcasse de l'état de décrépitude graduelle dans lequel il sombrait jour après jour. C'est à force d'avoir été à son contact, dans le but d'essayer de le raisonner, que je fus moi-même contaminé par ce mal-être qui me consuma, au point de me rendre hargneux contre mon épouse ! Oui, je me suis retrouvé tout d'un coup dans un état de frustration tel que plus rien n'avait d'attrait pour moi. Plus rien n'offrait le moindre intérêt à mes yeux. J'ai donc fini par détruire le point d'équilibre même de mon existence, qui m'apparaissait dès lors comme la plus ignoble des choses, dans la mesure où elle me confinait dans un état de trop plein ne pouvant plus s'évider !

- Assez… ! Assez déblatéré, l'ami ! D'autres que toi ont également ressenti ce même malaise. Ils n'en sont pas venus à s'en prendre à leur épouse où à je ne sais qui, pour autant, avant que toi, tu n'aies osé briser la loi pour te rendre criminel de façon aussi abominable !

- D'accord, je reconnais mon crime envers mon épouse, mais je refuse d'être tenu responsable de l'ignoble sort qui nous attend tous. Me pendre ou me torturer ne changera rien à la donne, et nous finirons tous vendus, loin de notre terre bien aimée, selon la volonté de cette sorcière de Laskyl !

- Qu'on le laisse vivre, se prononce vivement l'un des détenus, à la surprise générale.

- Oui, laissons-le vivre, en espérant qu'il tombe sur le plus cruel des maîtres, son enfer n'en sera que prolongé. Le supprimer de suite reviendrait à abréger ses souffrances. Non… ! Laissons plutôt ce chien galeux souffrir mille morts, afin qu'il prenne davantage le temps de mesurer la gravité de son innommable crime ! ajoute encore celui qui vient d'intercéder pour que Tchankrol ait la vie sauve !

- Qu'il vive ! qu'il vive, qu'il vive et qu'il pourrisse dans une existence bien pire que celle de l'enfer qui finira par l'accueillir, de toute façon ! approuve également un autre détenu, bientôt suivis par d'autres.

Tous reprennent allègrement cette dernière phrase qu'ils chantonnent dans un refrain rugissant, comme pour conjurer le sort, oubliant momentanément les jours tristes qui les attendent.

Le soleil se trouve au zénith lorsque les amazones conduisent les hommes qui viennent d'être vendus vers la rive Est, où les attendent les membres d'équipages des navires qui les emmèneront loin de là, vers leurs nouvelles destinées d'esclaves. Ceux voués à l'exil sont aussi prêts à embarquer avec les quelques femmes, qui ont préféré les suivre, et les garçons trop âgés pour suivre la nouvelle éducation imposée à ceux de leur condition par les amazones.

Deux semaines se sont écoulées depuis le jour de la rébellion. Par plusieurs rangées de douze membres, bien encadrés, ils marchent d'un pas lourd et cadencé sur le chemin qui les conduit à la berge. Têtes basses et visages refermés, ils n'osent affronter le regard des femmes qui les entourent et qui viennent de les exclure de leur vie pour toujours. Il s'agit pourtant de leurs filles, femmes ou sœurs, pour certaines. Quelques malheureux se demandent encore comment ils en sont arrivés à une telle situation, d'autant plus qu'ils n'ont pris part en rien aux décisions injustes du conseil des sages ayant mené à cette solution radicale adoptée par les amazones. Quelques-uns déplorent de n'avoir su s'exprimer à temps afin d'empêcher un tel désastre. Ils en payent inéluctablement le prix, tout en regrettant amèrement de n'avoir été que les mailles d'un filet dont ils n'ont jamais eux-mêmes tissé la toile.

« La destinée, n'est-ce donc que cela… ? Suivre le mouvement, sans jamais savoir où cela mènera ou se marginaliser, sans guère plus de sûreté ? », se demandent quelques-uns, à présent désabusés par les caprices du sort dont ils se sentent les jouets occasionnels.

La berge du Knorylsea, non loin de laquelle attendent les navires devant récupérer les hommes vendus et ceux en partance pour l'exil, n'a jamais vu autant de monde fouler son sol en une seule fois.

Laskyl envoie les douze finaliser les transactions avec le chef de chacun des équipages venus récupérer ceux des Knoryliens, à présent déchus de tous leurs droits. Ces derniers embarquent aussitôt après, sans pouvoir faire des adieux décents aux leurs, qui ne sont déjà plus les leurs, depuis l'inacceptable trahison de leurs congénères ayant précipité leur déchéance.

Des heures plus tard, une fois les vaisseaux au large, les femmes cheminent en silence, en sens inverse, vers le Knorylsea. Nul ne pipe mot. Ce qui devait être fait vient de l'être. Pourtant, laquelle d'entre elles est capable d'oublier le lourd sacrifice qui vient d'être fait de façon collégiale ? Un frère, un père, un mari, un fils ou encore un oncle sont du lot de ceux qui viennent d'être embarqués pour une vie de galère, loin de leur terre-mère.

À l'issue de cette journée décisive, Laskyl se sent vidée et nerveusement fatiguée. Elle vient de contraindre des pères, des maris et des frères à finir leurs jours loin des leurs et de leur terre de naissance. Ceci, dans le but de purifier le royaume des éléments dangereux pouvant comploter, sans discontinuer, dans le but de retrouver leurs privilèges perdus, s'ils y étaient restés. La jeune femme ressent un besoin urgent de se régénérer et, alors même qu'elle se demande comment y parvenir, une brise douce et chaude vient l'envelopper toute entière, lui confiant instantanément la réponse à cette question.

Dès que les lumières des logis faiblissent et que le Knorylsea semble endormi, Laskyl se glisse dans les ruelles sombres et se dirige vers la grotte en face de laquelle elle avait rencontré le dieu des eaux pour la première fois, et où elle s'était faite sienne, en toute connaissance de cause.

Cette fois-ci, elle n'allume pas de feu, ne chante ni ne danse, n'en ayant même plus la force. Elle s'empare simplement du cor que lui avait offert Jakul avant de s'en aller et y souffle simplement à trois reprises.

Peu après, sortant des eaux de façon toujours aussi fracassante, le dieu des eaux se révèle nimbé d'une superbe majesté. Il avance vers la belle Knorylienne d'un pas mesuré et sûr. Leurs retrouvailles promettent d'être tendres et vivifiantes, surtout pour sa compagne !

La reine se tait, un moment puis annonce :

- Et, enfin, voici quelle sera notre devise, dorénavant : « Vaincre ou mourir ! », car les hommes risquent de nous réserver un sort bien pire que celui auquel ils soumettent les bêtes qu'ils méprisent parfois et gardent en captivité.

- Vaincre ou mourir, oui... ! reprennent en chœur les membres de l'assemblée, prenant la pleine mesure de la véracité des propos de leur reine.

- Oui, ce sera vaincre ou mourir, mais nous serons prêtes à combattre le moment venu, soyez-en sûr. Jakul nous protègera aussi longtemps qu'il le faudra et, tant que nous demeurerons sur notre île, nul ne pourra nous attaquer par voie de mer. De même, lorsque nous naviguerons sur les flots, le maître des eaux veillera sur notre sécurité. Ce qui nous permet de prendre le temps qui nous sera utile en vue de renforcer et de former nos troupes au combat de façon efficace.

À ces mots, toute l'assemblée se lève et offre des vivats tonitruants à Jakul, le dieu des eaux, leur protecteur.

Pendant ce temps, sur les navires marchands qui les transportent au loin, vers une destinée terrible empreinte du sceau de l'exil, marqué par le servage, les bannis du Knoryl se terrent, pour la plupart, dans un mutisme éloquent. Terrassés par l'opprobre qui pèse dorénavant sur eux et sans le moindre espoir pour un avenir meilleur que ce passé enviable qu'ils laissent derrière eux, pour l'heure, ils se contentent d'obéir et de survivre.

Néanmoins, certains d'entre eux vivent très mal cette situation nouvelle. Aussi ne tardent-ils pas à tenir des propos incohérents et à se montrer agressifs vis-à-vis des autres membres de l'équipage. Si les-uns sont attachés et immobilisés afin qu'ils ne puissent nuire aux autres, ceux qui sont jugés hors de contrôle se retrouvent balancés par-dessus bord, sans que nul n'y trouve à redire. Les moins belliqueux d'entre eux racontent continuellement d'épouvantables histoires concernant les femmes-guerrières qui partiront bientôt à l'assaut du reste du monde, après leur en avoir fait voir de toutes les couleurs.

« Elles nous ont tout pris, sans sourciller, du jour au lendemain. Elles viendront pour vous aussi, soyez-en sûr… ! », s'époumone sans discontinuer l'un d'eux de sa voix caverneuse d'oiseau de malheur.

« Ces femmes sont pires que tout ce que vous avez vu jusqu'à présent. Et elles s'apprêtent à déferler sur le monde pour nous bannir de tous les horizons. Craignez-les, ou vous disparaîtrez ! », psalmodie un autre, en fixant le vide d'un regard effaré. Les matelots qui le peuvent évitent leur contact, comme s'ils craignaient une éventuelle contagion en restant trop près d'eux.

Si beaucoup les traitent de pauvres fous et se contentent de les ignorer, tous écoutent pourtant ces récits exagérés qui les font frémir naturellement, sans qu'ils n'osent le laisser paraître. La légende des amazones, à peine née, est déjà déformée par la bouche même de ceux issus de leur peuple.

Sept jours plus tard, a lieu la cérémonie rituelle au cours de laquelle les jeunes filles et femmes du Knoryl qui le souhaitent subissent l'ablation de l'un de leurs seins, selon qu'elles sont gauchères ou droitières. Elles sont venues du Nord, du Sud, de L'Est et de l'Ouest pour participer à ce premier rituel hautement symbolique. Certaines d'entre elles ont marché plusieurs jours durant, pour se rendre dans la cité royale du Knorylsea au sein de laquelle se déroule cette cérémonie initiale.

La première, Laskyl se soumet à ce douloureux sacrifice. Sans sourciller elle subit l'opération durant laquelle un coutelas aiguisé et chauffé à blanc lui ôte le sein droit. L'ablation se poursuit plusieurs jours durant, puis se renouvelle à intervalle d'un mois, jusqu'à ce que toutes celles qui le souhaitent soient ainsi marquées. Cette cadence opératoire permet aux unes de récupérer des forces, tandis que d'autres veillent aux affaires et surveillent le royaume.

La veille, une fête étonnante a été donnée en l'honneur des braves qui consacreront leur existence entière à la cause commune pour la survie des leurs. Sur la grande place de la cité, autour d'un feu géant dont les flammes voltigent librement et avalent goulument l'air autour d'elles, elles sont là en grand nombre, installées en bon ordre, les femmes-guerrières du royaume du Knoryl. Par rangées d'une quarantaine, elles sont assises en cercle sur les piles de nattes déroulées au sol et font cercle autour de l'énorme brasier. Ce soir, la lune n'est pleine qu'aux trois-quarts, mais cela est plus que suffisant pour éclairer le ciel au-dessus de la cité d'une clarté réjouissante. Les astres lumineux dans l'espace lointain scintillent là-haut d'un bel éclat et confèrent à cette assemblée un caractère tout cérémonieux.

Soudain, au son des gongs qui se font entendre sur un rythme cadencé, alternant pauses et battements, comme pour une marche militaire, une procession de vingt-quatre jeunes filles ouvre le chemin et avance au milieu de l'assemblée. Laskyl apparaît derrière elles, revêtue d'une courte tunique en peau de léopard maintenue à la taille par une large lanière en cuir souple. Elle est chaussée de sandales en cuir brun, lacées haut. À son bras gauche étincelle un bracelet en spirale, dotée d'une tête de cobra sculptée vers le haut. Sa belle chevelure, disciplinée en une lourde et longue tresse, retombe en souplesse dans le dos et ondule telle une magnifique crinière de félin, à chacun de ses pas. Avec une grâce toute innée, des plus remarquables chez elle, l'orpheline avance avec majesté au milieu de ses consœurs, dans un silence quasi religieux.

Laskyl s'arrête à environ quinze pas du feu qui brûle toujours avec intensité au milieu de la place. Elle fixe des yeux les flammes gigantesques pendant un moment, comme pour s'unir à elles par la pensée. Lorsqu'elle se retourne vers les filles et les femmes qui attendent, son regard est de braise et il luit à présent comme de l'or en pleine fusion. La doyenne se lève aussitôt et avance vers elle, un diadème en or, surmonté d'une tête de cobra à la main. Laskyl pose un genou à terre et baisse la tête, tandis que son aînée la couronne devant toutes, en déclarant d'une voix profonde et cérémonieuse :

« Que le ciel et la terre soient témoins du geste que nous posons en ce jour, en intronisant Laskyl comme première reine du royaume du Knoryl. Aujourd'hui naît le pouvoir entre les mains des femmes, et c'est celle qui nous a montré le chemin vers la liberté qui en est la légitime détentrice. Et, à travers elle, chacune d'entre nous participe à l'édification du mode de vie singulier que nous avons choisi, au nom de la liberté. Vive Laskyl, fille du brave Kongdaz ! »

- Vive Laskyl, notre reine, reprennent-elles toutes en chœur, puis elles entonnent avec hardiesse, sur cette belle lancée :

- Hushka, hushka, hushka... !

Pendant un moment, Laskyl les laisse exprimer toute cette joie exaltée qui monte de leurs cœurs, vraisemblablement à l'unisson, dans ce formidable moment de communion. Puis elle étend les bras légèrement vers le haut, paumes tournées vers le ciel, et tourne lentement sur elle-même de façon à embrasser du regard l'espace circulaire autour d'elle. Les voix se taisent presque instantanément, dès lors qu'elle entame ce mouvement étrange, absolument fascinant. L'amazone première s'adresse enfin à l'assistance d'une voix envoûtante et profonde, qu'on croirait sorti du fond des âges, tant elle imprègne les êtres en présence et atteint chacun au cœur d'une façon toute particulière.

« Je suis honorée par votre reconnaissance qui me touche profondément. Cette place à la tête du royaume me conforte dans la voie que nous avons ouverte ensemble. Je promets de ne pas vous décevoir et de tout faire pour mériter votre confiance. Je m'engage à œuvrer avec sagesse, toujours, afin que la justice règne au milieu de nous. Je vous remercie toutes, véritablement, et je compte sur chacune d'entre vous pour me soutenir, sans relâche, dans cette aventure que nous démarrons et qui ne sera pas de tout repos. À présent, place aux réjouissances !», achève-t-elle de dire, en frappant dans ses mains trois coups brefs. Aussitôt, plusieurs femmes parmi celles qui ne peuvent ou ne veulent pas servir le royaume en tant que guerrières défilent auprès des amazones pour le service. Les-unes portent des plateaux chargés de victuailles, d'autres se chargent des cruches de vin de palme ou de nectar du fruit du corossolier dont s'abreuvent abondamment les gosiers assoiffés.

Cette nuit est celle des filles et des femmes du Knoryl et elles seules sont admises à cette fête qui scelle l'alliance qu'elles viennent de conclure avec leur reine. Aussi boivent-elles, mangent-elles et dansent-elles au son des cymbales et des gongs des musiciennes, qui animent la soirée avec une ardeur déployée.

Une fois que toutes sont repues, Laskyl instruit longuement l'assistance en ces termes :

« Comme nous le savons toutes, nous sommes les filles, nous sommes les mères, nous sommes les sœurs, les tantes et les grand-mères. Et c'est par le sein que nous prolongeons la vie de celles et ceux à qui nous donnons naissance, avant qu'ils ne soient capables de se nourrir autrement. Cependant, aujourd'hui, cette même part de nous qui évoque et notre féminité et notre aptitude à la maternité ne doit plus nous restreindre aux seuls rôles de femme et de mère auxquels les hommes aiment tant nous réduire. Dorénavant, nous sommes les *Amazones du Knoryl* !», déclare la reine en évoquant une fois encore la fin de leur condition féminine, telle que définie par les hommes.

Les réjouissances se poursuivent longtemps encore, après son départ, et la place du Knorylsea ne se trouve désertée qu'à l'approche de l'aube, quand le feu s'essouffle déjà, luttant vainement pour raviver ses dernières braises.

Au milieu d'une salle située dans le quartier où vivent les hommes, dorénavant, au sein du Knorylsea, la reine et les douze reçoivent et interrogent ceux d'entre eux qui ont voulu demeurer auprès d'elles. Elles se trouvent en présence de certaines filles et femmes en provenance d'autres cités de l'île. Celles-ci s'instruiront de ces audiences pour aller en tenir de similaires, par la suite, là où elles résident. Laskyl sait qu'elle doit s'assurer de l'allégeance de ceux qui ont perdu leurs droits fondamentaux dans le cadre du nouvel ordre social initié par les femmes.

Les mots ne suffisent pas toujours, et il est surtout question de la sécurité du royaume et de la survie des amazones. Tout ver dans le fruit doit être identifié, de façon rapide, afin d'éviter toute prolifération du mal.

C'est autour de Kupaho de répondre aux questions auxquelles le soumettent les treize.

« Kupaho, tu as décidé de nous soutenir et de rester vivre avec nous, tout en sachant que jamais plus tu ne jouiras de ta pleine liberté et de tes privilèges d'antan. Nous acceptons ton choix, d'autant plus qu'il nous est profitable. Tu nous enseigneras l'art de travailler le fer, ce qui n'est pas rien ! Néanmoins, nous aimerions savoir pourquoi tu as préféré renoncé à tes droits de cette façon… », commence Laskyl sur un ton amical, d'une voix ferme, tout en plongeant son regard incisif dans le sien.

- Ma reine, je n'avais que deux choix et, ni l'un ni l'autre n'était vraiment honorable. Ou j'acceptais les nouvelles règles que voulaient vous imposer mes congénères et je trahissais tout ce en quoi je crois, c'est-à-dire au droit à la liberté et à la dignité pour tout être humain, ou je soutenais celles dont l'existence risquait de basculer vers le pire, en restant fidèle à mes convictions ! J'ai donc préféré la deuxième solution et j'en accepte les conséquences en toute connaissance de cause.

- Voilà qui est fort bien avancé. Cependant, ne regrettes-tu pas ce choix, à présent que tu te vois contraint de devoir te soumettre à l'autorité des femmes pour tout et en tout, sans famille et sans avenir autre que celui de nous transmettre tes compétences et de nous servir ? l'interroge à nouveau la reine.

- Vous servir et vous restituer le peu que je sais n'est rien à côté de l'exil auquel je n'aurais pu survivre.

- Je m'estime donc heureux, en sachant que mon sort reste de loin enviable à celui des femmes et des hommes se trouvant dans une véritable situation de captivité.

- Que veux-tu dire par là... ?

- Je peux aller et venir dans la cité, sans fers aux pieds, même si je sais que je suis sous surveillance de l'une ou l'autre des amazones. Je mange, bois et dors à mon aise. je m'occupe de façon utile, chaque jour ou presque. Je peux même me retrouver dans le lit de l'une ou l'autre des femmes qui le souhaitent, à l'occasion. De quoi aurais-je à me plaindre ? Non, vraiment, je ne regrette rien d'autre que le manque de lucidité de ceux des nôtres nous ayant conduits à cette situation, certes, déplorable.

- Va, Kupaho, et continue à vivre au milieu de nous tant que tu le veux car, ce que disent tes lèvres, tes yeux en attestent, conclue Laskyl en ajoutant. Qu'on fasse venir le suivant.

Un homme barbu et replet, de petite taille, entre et s'arrête à distance raisonnable du siège de la reine.

- Homme, quel est ton nom ?

- Je m'appelle Kangnon.

- Kangnon, bien, approche donc un peu plus, l'invite-telle avant de poursuivre.

- Dis-nous donc pour quelle raison tu as souhaité rester vivre avec nous… ?

- Ma reine, je demeure auprès de vous tout simplement parce que votre cause est juste et que vous êtes les meilleures !

- Mais encore…, insiste Laskyl en dardant son regard de braise dans celui fuyant de l'homme.

- Je veux dire qu'à choisir entre ceux qui vous ont trahies et vous, le choix est vite fait.

- Et que fais-tu de ta liberté d'être et de mouvement qui s'en trouve nettement restreinte.

- Ce ne sont là que les aléas de la vie… j'ai penché pour la situation que je vis actuellement parce qu'elle me convient davantage que l'exil. À ma place, vous en auriez fait autant… !

- Je te prie de répondre aux questions, sans spéculer sur ce que nous aurions fait ou non à ta place. Nous n'y sommes pas, n'est-ce pas ? le coupe sèchement la reine, en reprenant.

- Si je comprends bien, il t'a semblé plus judicieux de te soumettre à la loi du plus fort plutôt que d'affronter l'enfer du servage ?

- C'est-à-dire que… bafouille celui qui semblait pourtant plein d'assurance, au début de cet entretien.

- Oui… ?

- Il me semble que… ! essaie-t-il encore, sans parvenir à achever son propos.

- Assez ! tu peux te retirer, le somme la reine, d'une voix sévère, sur un ton sans appel.

Dès lors que l'homme s'est éloigné, Laskyl s'adresse à celles qui l'assistent dans ce travail autant qu'à celles qui y participent à des fins instructives.

- Comme vous l'avez sans doute remarqué, l'homme qui vient d'être questionné ne semble pas vraiment fiable. Il s'agit d'un opportuniste qui se dirige souvent au gré du vent. S'il a choisi de nous servir aujourd'hui, ce n'est ni plus ni moins que parce que cela l'arrange. Dès qu'il en aura l'occasion, il n'hésitera pas à nous trahir. Ce que disent ses lèvres de façon enthousiaste, ses yeux le démentent avec autant de force, pour qui sait y lire promptement. C'est à ce genre de choses que je vous demande d'être vigilante lors des interrogatoires que vous aurez à mener. En cas de doute, venez nous entretenir de vos soupçons et nous veillerons à nous assurer de leur véracité ou non.

- Qu'adviendra-t-il à présent de cet homme, hushka, interroge l'une des femmes venues d'une cité voisine.

- Eh bien, il sera sous surveillance discrète mais renforcée, dès à présent, et nous l'obligerons à s'en aller sur un navire marchand, dès que l'occasion se présentera. Il n'est pas hautement qualifié dans un domaine de savoir dont la transmission nous est indispensable, à ce que je sache.

- Non, il s'agit de l'un de ceux qui contribuent aux divers travaux nécessaires à la construction des digues sous les ordres de l'amazone qu'instruit l'ingénieur compétent en la matière.

- Voilà qui est bien. Plus vite on en sera débarrassé, mieux on s'en portera. Nous n'avons guère le temps de nous attarder à surveiller des énergumènes de cet ordre ! conclut Laskyl à propos de cet homme, avant qu'on introduise le suivant.

Au fil des jours, les hommes qui sont restés sur l'île transmettent leurs savoirs aux femmes dans de multiples domaines de compétences de la vie courante échappant à ces dernières, jusqu'alors. La construction des digues, des navires, des routes…, l'entretien des diverses infrastructures, les manœuvres indispensables pour la navigation maritime, l'astronomie…. Les filles et les femmes dévouées aux postes stratégiques clés sont sélectionnées selon leurs aptitudes spécifiques dans le but de faciliter leur apprentissage aux métiers jusqu'alors réservés aux hommes.

Six mois plus tard, les femmes maîtrisent déjà l'essentiel des connaissances incontournables pour une bonne administration du royaume, dans l'ensemble. Celles qui sont qualifiées pour une spécialité donnée en forment d'autres dans la foulée. Les forces vives du Knoryl se renouvellent et se renforcent, dès lors, de façon admirable. La reine des amazones suit ces évolutions de très près, consciente du fait qu'elles ne seront véritablement autonomes qu'une fois les compétences indispensables acquises. Mener à bien toutes les activités vitales au royaume est loin d'être une mince affaire, et il faut pouvoir le faire de façon efficace et crédible. Laskyl effectue donc régulièrement des excursions à travers tout le pays afin de s'assurer de la bonne marche des choses, notamment en ce qui concerne la transmission du savoir des hommes aux femmes.

Lors de la veillée qui suit chaque cérémonie rituelle, la reine s'adresse à l'assemblée et l'instruit sur l'essentiel.

Au cours de l'une d'elles, Laskyl se souvient d'une confidence reçue de sa grand-mère, il y a bien longtemps de cela. Elle-même venait de passer ses douze printemps et elle questionnait souvent son ancêtre sur quantité de choses liées à l'existence humaine, qui préoccupaient alors son jeune esprit. Un soir, tandis qu'elle admirait la vieille dame dont les mains couraient sur la trame d'un métier à tisser de forme rectangulaire avec une remarquable agilité, celle-ci lui confia ceci, comme elle le raconte à présent à ses consœurs :

« Laskyl, ma fille, je veux que tu saches qu'il y a longtemps de cela, si longtemps que même les astres ne savent plus vraiment à quand cela remonte, l'homme n'était pas au-dessus de la femme et, encore moins, son égal. Nous, les femmes, étions alors vénérées et craintes parce que nous donnons la vie. L'homme, sachant qu'il ne peut venir au monde qu'en passant par le ventre de la femme qui l'y a accueilli et hébergé, en a nourri une déférence extraordinaire. D'où l'ancienne malédiction liée au fait que quiconque agit contre le ventre qui l'a porté, devra en payer le prix. Il n'y avait alors rien de plus vil que de porter atteinte à une femme, pire à une mère. Est-ce que tu me suis, mon enfant ? », m'a-t-elle demandé au bout d'un moment.

« Oui, Mamy, je t'écoute avec la plus grande attention », lui ai-je répondu. Et elle a poursuivi :

« La femme, en plus de donner la vie, disposait d'étonnantes capacités médiumniques. Elle était souvent la principale intermédiaire entre notre monde et celui de ceux qui nous ont quittés. Elle pouvait communiquer avec l'au-delà plus aisément qu'aucun homme. Et, pour ne rien gâcher, elle sut rapidement s'initier au langage des plantes, découvrant l'un après l'autre, les mystères du vivant qui contribueront à asseoir davantage son influence. Les femmes régnaient alors de façon absolue sur les communautés de nomades disséminées à travers le monde. L'initiation n'était accessible qu'aux femmes. Les hommes étaient profondément reconnaissants du don de vie qu'ils avaient reçu de l'une d'elles. Nul ne songeait à se rebeller, jusqu'au jour où apparut Samsa, celui qui naquit avec une ou deux dents et qui parla, à peine sorti du ventre de sa mère». Mon ancêtre se tait un instant, puis elle ajoute :

« Comme ce phénomène semblait alors très étrange, les gens se mirent à le considérer comme un être extraordinaire. On le disait doté de pouvoirs insoupçonnables et beaucoup de bruits incongrus circulaient à son sujet. Sa mère était elle-même chamane, l'une des femmes les plus éclairées qui fussent. Il grandit paisiblement auprès d'elle, en prenant soin d'observer attentivement certains rites cachés qui n'auraient pu intéresser un enfant ordinaire du même âge. Personne ne se méfia de lui, jusqu'à ce qu'il fut éloigné du cercle des femmes, une fois qu'il eut atteint l'âge de sept ans, selon la coutume en usage à l'époque.

Malheureusement, il en avait déjà suffisamment appris pour pouvoir faire basculer le cours des choses. D'une intelligence redoutable, Samsa continua à glaner des informations précieuses lors de chacune de ses visites auprès de sa mère, sans donner l'impression d'être trop curieux. Toutefois, il instruisait son meilleur ami Tossou dans l'ombre à propos de ses découvertes ainsi que de ses doutes quant à la supposée suprématie de la gent féminine :

« Écoute bien ceci Tossou, les femmes sont incapables de se défendre sans notre soutien. Elles commandent, certes, et nous obéissons. Mais elles n'ont pas la force suffisante pour se mesurer physiquement aux hommes. Qui plus est, elles perdent du sang environ sept jours durant, quasiment tous les vingt-huit jours, période durant laquelle elles semblent plus fragiles. Pour couronner le tout, elles sont incapables d'engendrer un enfant seules ! Les chamanes laissent croire que c'est la Lune ou une autre puissance surnaturelle qui leur permet de procréer. Mais j'ai assisté à leurs réunions jusqu'à l'âge de sept ans et, toutes savaient pertinemment que, sans la copulation avec un homme, elles ne pourraient tomber enceintes. Elles ont gardé leur secret pour mieux maintenir leur influence sur nous. Tu suis bien mon raisonnement … ! »

- Je comprends bien ce que tu dis là, mais je te fais tout de même remarquer que tu avances sur un terrain très glissant ! Nul ne doit questionner le pouvoir des femmes et, encore moins, s'y opposer ! Je refuse de te suivre dans tes divagations. Je ne veux pas d'ennui !

- Pauvre âne, quelles divagations ? Qui te parle de choses insensées ? Écoute-moi donc un peu mieux que ça ! C'est de l'avenir et de notre capacité à inverser le cours des choses qu'il s'agit ! Toi et moi nous vaincrons la tyrannie des femmes et nous acquerrons, par la même occasion, un pouvoir jusqu'alors impensable pour nous autres, du sexe mâle.

- Hééééééééé..., Samsa, tu es bien le fils de ta mère ! Seul un fils de chamane peut se permettre de tels propos, sans avoir à en trembler !

- Ho oooh, ne suis-je pas né avec deux dents et n'ai-je pas parlé, tout juste sorti du ventre de ma mère ? Non, je ne crains rien ni personne ! Sois avec moi, sans faute et, ensemble, nous triompherons ! »

Les deux garçons venaient de compter leur quinzième printemps. Samsa ne s'arrêta pas là, pour autant. Il parvint à convaincre un groupe de jeunes guerriers de le soutenir dans son projet, au fil du temps. Il finit par y parvenir, destitua sa propre mère et obligea les chamanes à lui révéler leurs secrets, sous peine de mort. Bien entendu, celles-ci ne lui livrèrent que peu de choses. Ensuite, il les relégua au rang de prêtresses dévouées à son règne et s'entoura d'hommes pour ériger de nouvelles lois et administrer la contrée selon ses souhaits.» Voilà, mes amies, ce que je tiens de la bouche de la mère de ma mère, conclut Laskyl avant de prendre congé.

Le royaume du Knoryl dort en paix. En tout cas, pour le moment. La nuit noire qui enveloppe le monde tout autour est parsemée de lointains points lumineux à intervalle de trois lieues.

Laskyl est assise sur le rebord du promontoire qui domine tout le paysage du Knorylsea, à présent voilé par les nuages nocturnes. Elle est là, plongée dans le noir, mais ses yeux brillent d'un éclat saisissant, témoignant du pouvoir silencieux mais certain qui l'habite. Elle médite, paisiblement, sur tout ce qui vient de se passer à l'issue de l'audacieuse initiative dont elle est la principale responsable. Un vent complice va et vient autour de sa personne, comme pour la soutenir dans sa quête. Elle sait qu'il est également le fidèle messager de son bien-aimé, mais elle n'éprouve nul besoin de fusionner avec le dieu ce soir. Tout son être n'aspire plus qu'à la voluptueuse sérénité qui allège l'être de toute sensation de pesanteur pour lui permettre de tendre vers un haut niveau de discernement. Pas un bruit, pas un seul battement d'ailes d'oiseau nocturne ou autre. Seul ce vent mystérieux ondoie autour de la reine et ne se fait sentir que d'elle par son doux frôlement.

Là-haut, les amas de nuages sombres se meuvent soudain, sous la contrainte d'une puissante force aérienne. La clarté naissante filtre doucement à travers cette procession nébuleuse, offrant à la vue une part de la magie des choses invisibles qui régissent pourtant l'harmonie de l'univers. Laskyl se lève, tandis que le disque solaire émerge enfin en puissance et dissipe impérieusement l'ombre, qui s'incline naturellement devant lui, sans protester. La souveraine tend les bras vers le ciel, en direction de l'astre du jour, aujourd'hui glorieux en son éveil. Puis elle se laisse inonder par la pluie de lumière jaillissante qu'il dirige vers elle, et tournoie sur elle-même, à cinq reprises, en une danse rituelle des plus gracieuses. Lorsque Laskyl s'arrête enfin, face au soleil flamboyant d'un feu prodigieux, tout son être resplendit d'un éclat mystérieux qui témoigne de la nature de cette communion spirituelle entre la reine et le dieu du feu.

Elle vient de naître, l'aube des amazones. Voici venus les temps immémoriaux qui conduiront les femmes guerrières du royaume du Knoryl, d'aventure en aventure sur plusieurs générations. Et, aussi longtemps que l'homme évoluera sur terre, on entendra parler des phénoménales amazones et de leurs exploits. Et le nom de Laskyl restera à jamais gravé dans les mémoires, car elle saura montrer la voie à son peuple, sans transgresser les lois universelles fondamentales.

Un soir, tandis qu'elle s'adresse à ses consœurs réunies autour d'elle pour entendre son enseignement, sur la grande place du Knorylsea où brûle un feu vif, Laskyl leur fait part d'une étrange histoire qu'elle tient de sa grand-mère. Celle-ci obtint elle-même ce récit troublant de la bouche d'un étranger, agréablement étonné de voir à quel point les Knoryliens se montraient bienveillants envers leurs femmes et leurs filles. Cet homme lui raconta cette légende, en remerciement du bon accueil qu'il reçut de sa famille, lors de l'escale de sept jours qu'il fit sur l'île et durant laquelle il fut hébergé chez eux.

« Filles et femmes du Knoryl, écoutez-moi encore un instant et il sera encore temps pour vous d'aller trouver du repos dans le sommeil. Un homme est venu séjourner sur notre île, le temps d'une escale de sept jours, il y a de cela fort longtemps. Voici l'étonnante histoire dont il a parlé en secret à mon ancêtre, en remerciement de son bon accueil.

« Cet homme affirme qu'une femme rebelle bouleversa l'ordre des choses, dès les origines du monde. Selon ses dires, un texte sacré affirme que « Dieu les créa homme et femme... » Et il révèle que le Créateur du monde donna la vie à un homme du nom d'Adama, en même temps qu'à une femme qui s'appelait Lilith. Or, la femme s'avéra d'une intelligence prodigieuse et refusa de se coucher sous l'homme. Celui-ci s'en indigna et s'en plaignit auprès du Créateur qui dût éloigner cette première compagne de sa vue. Il lui en procura une autre qu'il tira de l'une de ses côtes, et Adama reconnut celle-ci comme étant son épouse bien-aimée. Lilith resta réduite à l'image d'une démone dans la mémoire du peuple dont est issu cette légende, car les hommes ne pouvaient tolérer de rétablir la vérité qui éclairerait sur la nature obscure de l'ancêtre premier du sexe mâle. »

Déclarer que l'orgueil du mâle a semé la première véritable discorde sur la terre des vivants eût été comme jeter l'opprobre sur tout l'héritage qui s'en est suivi. Lilith demeure donc l'épouse du grand démon dans la pensée de ceux qui ont laissé une trace fortement altérée de cette histoire, tout en se référant à la nature divine de leurs paroles. »

- Comment cela se peut-il... n'est-ce pas insulter le Créateur que de lui attribuer des faits indignes de sa bonté et de sa grande intelligence... ? interroge alors une jeune fille parmi l'assistance.

- Sachez que certains mots entrent tout purs dans certaines bouches pour en sortir tout souillés... ! Beaucoup parlent du divin en des termes plus que mielleux, mais leurs yeux trahissent toujours la duplicité du cœur qui, en eux, s'activent toujours en véritable gueux. Ne vous laissez donc pas impressionner par l'apparence des choses mais recherchez toujours ce que voilent les lueurs trop criardes.

- Le divin étant présent en tout, cela s'avère difficile de faire la part des choses en tout... ! relève la même jeune fille qui vient d'interroger la reine.

- Effectivement, le divin est présent en toute chose et rien n'existe en dehors de lui. Cependant, vous apprendrez à vous méfier de ceux qui disent aisément d'une chose ou d'une autre que : « C'est divin !», car ils n'agissent ainsi, bien souvent, que dans l'espoir d'usurper de la nature du sacré pour endormir les esprits afin de mieux s'y infiltrer par pure malveillance. Ceux-là s'ingénient, dès lors, à répandre le mal autour d'eux de façon opportune et pernicieuse.

- Je tâcherai de m'en souvenir, hushka… murmure la jeune amazone d'une voix révérencieuse.

Laskyl considère un instant celle qui vient de la questionner plus d'une fois, avec intelligence et courage, puis elle s'adresse à nouveau à ses congénères.

- Nul ne brave le divin, en vain, sauf peut-être le sot qui ne sait d'où il vient et pense pouvoir duper Celui qui sait tout et qui peut tout. Car, selon les dires de l'étranger, ce Dieu-Créateur peut tout et Il sait tout. Qu'il soit clair dans votre esprit que nous aussi, nous sommes les héritières de Lilith, aujourd'hui, plus que jamais. Tout le genre féminin a souffert de l'interprétation désobligeante des choses concernant cette histoire pendant des millénaires, certes. Toutefois, n'oubliez pas que rien n'est plus condamnable dans l'esprit d'un homme que la pensée d'une femme qui se croit son égale. Si elle ose se mesurer à lui sur ses terrains de prédilection, révélant au passage ses incapacités ou ses tares qu'il voudrait tant ignorer ou cacher, alors, malheur à elle ! Nous sommes devenues les ennemies déclarées de cette sorte d'hommes qui ne supportent nulle entrave à leur autorité supposée. Par conséquent, nous devrons toujours rester sur nos gardes et nous attendre à être attaquées par eux de toutes les façons imaginables et possibles.

- Je ne sais si l'époque ayant vu les femmes investies de grands pouvoirs de décision au sein des premières communautés humaines était meilleure que celles qui ont suivi depuis. Toutefois, je reste persuadée qu'elle n'aurait pu être pire, soutient Zazla, la doyenne, d'un air sceptique.

Laskyl achève de raconter cette histoire aux nouvelles initiées, en leur précisant ceci :

- Tant que la pensée du mâle prédominera sur cette terre, nous n'aurons de cesse d'être persécutées. Lilith n'a été rejetée par son compagnon que parce qu'elle brillait d'une intelligence insultante pour la susceptibilité aiguisée de ce dernier. Ce qui s'est répercuté dans le temps à travers cette sorte de suspicion viscérale qu'éprouvent les hommes à l'égard des femmes. Ce qui justifie aussi bien les dispositions injustes et ingrates prises par eux, depuis la nuit des temps, pour mieux contrôler et soumettre la femme.

- Peut-être qu'un beau jour, femmes et hommes oublieront la vanité qui titille continuellement leur conscience, les invitant à vouloir se prévaloir de tant de choses futiles, au détriment de l'essentiel. Peut-être bien parviendront-ils un jour à calmer l'égo, ce cheval fougueux et fier qui toujours piaffe d'impatience à l'idée de conquérir tout l'espace indompté s'étendant devant lui. Alors, seulement, pourront-ils s'asseoir ensembles pour deviser de tout et partager ce qui doit l'être, sans que nul ne s'en offusque, sur cette si riche terre, qui ne brasse bien souvent que de grandes misères. En attendant, battons-nous et soyons toujours prêtes à préserver cette liberté chèrement acquise. Mes amies, une nouvelle vie pour nous commence.

Montrons-nous-en dignes, toujours !», proclame Laskyl, en s'adressant encore à ses sujets. Elle semble désireuse de les instruire sur la nature des choses qui opposent l'homme et la femme, depuis l'aube des temps, sur la terre des vivants.

La reine salue l'assemblée, se lève, puis fait signe à la jeune fille, qui l'a questionnée sur cette histoire concernant l'étonnant récit de l'étranger, afin qu'elle la suive. Celle-ci se lève aussitôt, sans se faire prier, et suit Laskyl dans la maison de son défunt père qu'elle occupe encore, en attendant de prendre pleinement possession de ses appartements royaux. L'amazone en chef fait entrer son invitée. Elle la prie de s'asseoir, puis lui offre une calebasse d'eau, en guise de bienvenue.

« Comment t'appelles-tu ? », lui demande la reine, une fois que la jeune fille a reposé le récipient.

- On me nomme Silo, hushka.

- Silo, ce qui signifie qu'il faut respecter les lois universelles de la Nature.

- C'est bien cela, ma reine.

- Silo, je suis ravie de faire ta connaissance. Je te trouve d'une intelligence remarquable et j'aimerais que tu fasses partie des élèves qui seront instruites au palais, par moi-même, afin de pouvoir transmettre l'essentiel aux autres, plus tard. Est-ce que cela t'intéresse.

- Mille fois oui, hushka ! s'exclame la novice. Comment pourrait-il en être autrement ? Recevoir directement l'enseignement de toi, notre reine bien-aimée s'avère pour moi plus qu'un honneur !

- Dans ce cas, apprête-toi à venir vivre au palais, d'ici peu, en compagnie de quelques autres.

- Infiniment merci, ma reine, murmure encore Silo, en se baissant pour baiser les pieds de la souveraine, qui la relève aussitôt en déclarant :

- Silo, mon amie, nous sommes des amazones et, donc, plus que des sœurs. Tu n'as nul besoin de te prosterner de la sorte devant moi. Sois toujours digne d'être l'une des nôtres et j'en serai également plus qu'honorée.

- Je ferai tout mon possible pour cela, hushka.

- Sache, Silo, que malgré notre devise qui est de vaincre ou de mourir, nous devons craindre autant l'orgueil que la peur. Ceci d'autant plus qu'une peur non dominée entraîne l'être vers la bassesse, tandis qu'un orgueil démesuré l'enferme dans l'arrogance. L'un et l'autre ne mènent qu'à l'ignorance, en fin de compte. C'est pour cette raison que j'apprécie beaucoup, entre autres, ta soif de connaissance et ton courage.

- Mais, ma reine, je n'ai guère eu l'occasion de faire montre d'une quelconque preuve de bravoure sur un champ de bataille, pour l'instant ! s'étonne la jeune amazone en devenir.

- Certes pas. Comprends toutefois que l'humilité et le courage se décèlent souvent chez les gens à travers nombre de choses de la vie quotidienne. Nul besoin d'être devin ou même reine pour cela. Il suffit d'observer et d'être à l'écoute.

- Oui, majesté, je comprends et je te remercie, vraiment, aussi bien pour la confiance que pour la touchante attention dont tu fais preuve à mon égard.

- Bien ! À présent, va et repose-toi bien, en attendant que j'envoie te chercher.

Silo, s'incline devant la reine, puis elle s'en va rejoindre le groupe de femmes et de filles auprès desquelles elle vit, depuis les changements majeurs ayant bouleversé l'ordre des choses au sein du royaume. Dorénavant, les maisons du Knoryl sont occupées par les amazones, selon que celles-ci souhaitent vivre au sein des membres de leurs familles ou simplement par affinités avec d'autres. Néanmoins, sur les camps d'entraînements, ne prévaut aucun autre lien que celui de la communauté faisant d'elles des amazones.

Six mois se sont écoulés depuis le couronnement de Laskyl. Les innombrables rumeurs entourant l'existence des femmes guerrières du royaume du Knoryl n'ont pas manqué d'inquiéter les chefs des contrées plus ou moins lointaines. Les spéculations allant bon train, certains ont jugé utile de prendre les devants afin de réduire au néant cette race de femmes dont nul d'entre eux ne voudrait chez lui. Une coalition formée par six pays est parvenue à constituer une puissante armée en quelques mois et ses troupes s'apprêtent à assaillir l'île des amazones.

Dans le royaume du Knoryl, femmes et filles ne ménagent guère leurs efforts pour administrer leur territoire de manière enviable, tout en renforçant les rangs de l'armée de façon appréciable. Dans les cités, les rues sont pleines d'activités diverses et les camps d'entraînement sont investis dès l'aube, tous les jours, pour la formation et le perfectionnement des amazones à l'art de la guerre.

Quelques-uns des occupants du dernier navire marchand ayant abordé les côtes du Knorylsea ont laissé entendre le mécontentement des rois des contrées plus ou moins lointaines quant à l'émergence de la communauté des amazones du Knoryl. Nul besoin d'être un mage pour s'attendre à des représailles de leur part dans un futur proche. Les femmes guerrières ne relâchent guère leurs efforts, depuis le début de cette aventure qui fait grandement parler d'elles sur toutes les mers où l'on navigue et sur toutes les rives sur lesquelles l'on accoste.

Laskyl est d'ailleurs revenue de son entretien récent avec son divin époux avec confirmation de ce que tout le royaume suppose, à raison. Néanmoins, elle ne semble ni inquiète ni perturbée outre-mesure par l'idée d'avoir à croiser le fer avec des hommes aguerris au combat depuis fort longtemps, sans compter l'instinct renforcé en eux grâce à un patrimoine génétique de plusieurs milliers d'années. Elle rassure, donne l'exemple, invite à persévérer sans se laisser distraire par les rumeurs, et mène son monde avec une dextérité et une rigueur toute exemplaire.

La reine se réveille pourtant d'une humeur qu'on ne lui avait encore jamais connue, un jour d'été, aux premières heures du jour, comme toujours. Ce jour-là, bien avant le premier chant du coq, un vent insistant pénètre dans sa chambre et l'entoure à trois reprises. La reine se lève aussitôt, rassemble ses esprits, puis elle se vêt et envoie chercher les douze. Elles accourent rapidement et, d'un geste de la main, leur chef les invite à la suivre, sans préambule.

Les voilà qui cheminent vers le rivage de la cité, en direction du promontoire offrant une vue panoramique des plus appréciables de l'île. En véritables soldats, elles grimpent le chemin rocailleux et pentu qui y mène en moins de temps qu'il n'en faut et parviennent rapidement à destination. Tandis qu'elles gravissent vaillamment cette crête, un vent mauvais se lève et souffle avec une telle force qu'elle oblige l'herbe à se coucher sur la gauche, partout. Leur chef balaie largement l'horizon du regard, une fois sur place, puis elle choisit un endroit situé à moins d'un mètre du rebord du plateau sur lequel elles se trouvent et s'y assied, jambes en croix. Ses suivantes l'encadrent aussitôt en prenant place de même, à ses côtés, à raison de six à gauche et autant à droite.

Laskyl ne pipe mot. Toutefois, toute son attention reste concentrée sur un point lointain, par-dessus les flots, et son regard semble alors voguer plus loin que ne portent les yeux du commun des mortels. Nul n'ose la perturber. Ses conseillères se contentent d'être là, à ses côtés, en attendant de comprendre ce pourquoi elle les a appelés.

Au large, bien loin des côtes du royaume, plusieurs navires sillonnent la mer en direction du Knoryl. Peu avant l'aube, à la faveur de la lueur bleutée qui annonce le réveil prochain de l'astre du jour, certains matelots aperçoivent des myriades de poissons argentés en mouvement, non loin de leurs vaisseaux. Ils invitent aussitôt leurs camarades à admirer ce phénomène aussi étrange que rare.

« Vite, des filets. Tâchons d'en attraper le plus possible pour renforcer nos provisions ! » s'écrient quelques-uns.

- Il n'en est pas question. Nous ne pouvons alourdir davantage les navires avant d'avoir livré combat. Nous verrons cela au retour.

- Au retour, mais ils n'y seront certainement plus, s'exclame un membre d'équipage, sur l'un des bateaux, en ouvrant de grands yeux, visiblement sidéré par cette décision.

- Pas de pêche pour l'heure, c'est clair. Nous avons reçu des ordres et nous nous y tiendrons, un point c'est tout.

Voyant que certains ne comprennent pas ce choix, le capitaine qui vient de s'exprimer reprend, avant de s'éloigner de ce spectacle qu'il laisse volontiers aux autres :

- Nous devons rester concentrés, car l'heure du combat avec les amazones est proche. Et, à ce que j'en entends dire, nous ne devrions pas sous-estimer leur capacité à se défendre, bien que nous soyons en surnombre par à rapport elles.

Un silence entendu répond à cette dernière intervention, puis chacun retourne à ses occupations.

Cependant, les fidèles messagers de Jakul ont bien accompli leur mission, à l'insu de ceux qui s'apprêtent à livrer combat à ses protégées. Ils lui confirment rapidement ce qu'il savait déjà, le nombre des navires convergeant vers l'île des amazones étant inhabituel pour qu'il s'agisse de simples vaisseaux marchands. C'est alors que le maître des eaux a envoyé le vent, son fidèle allié, prévenir son épouse terrestre.

Sans plus tarder, Jakul en appelle au vent. Sur les deux cents bateaux qui filent droit vers le Knoryl, les soldats sentent passer un courant d'air léger, à peine perceptible. Mais la plupart d'entre eux en frissonnent instantanément, comme prévenus d'un péril imminent. Un instant plus tard, le soleil fait une entrée éclatante dans un ciel limpide, chassant l'appréhension précédemment ressentie, éveillant l'optimisme des beaux jours.

Toutefois, les hommes n'ont pas le temps de se réjouir. À peine signale-t-on les côtes du Knoryl en vue, loin devant, que des nuées sombres, d'une densité impressionnante recouvrent l'espace au-dessus d'eux. Sous les coques, l'eau entame un mouvement bouillonnant avec une force si puissante qu'elle fait perdre tout contrôle des navires aux membres des équipages. Les flots enflent de plus en plus, en même temps qu'ils brassent tout ce qui se trouve sur leur passage dans un formidable élan de destruction. Une pluie torrentielle s'abat sur eux, sans prévenir. Les hommes s'activent comme ils peuvent, l'espace d'un instant, avant de réaliser que ce n'est que peine perdue. Les eaux d'en haut semblent de mèche avec celles d'en bas pour qu'en ce lieu, en cet instant, rien n'échappe au festin gigantesque qu'elles s'apprêtent à offrir au néant. Sur tous les vaisseaux, c'est la panique complète à bord. Nul n'ose effectuer la moindre manœuvre à présent, par peur d'être projeté par-dessus bord dans cette mixture infernale qui pétrit, avale et paraît disposer à tout faire disparaître, sans grand mal. Tous ceux qui sont encore en état de raisonner comprennent instinctivement qu'ils se trouvent en présence d'un phénomène surnaturel.

L'invisible est à l'œuvre de façon puissante et inexorable et rien, désormais, ne saurait arrêter ce processus abominable. Le sauve-qui-peut est rapidement décrété. Impuissants face à ce phénomène bizarre qu'aucun d'entre eux n'avait jamais expérimenté de mémoire d'homme, la plupart d'entre eux se met à invoquer tous les dieux. Mais en ce jour nébuleux pour leurs projets, Jakul semble avoir l'aval de toutes les autres divinités et aucune d'elles ne semble vouloir entendre les suppliques des navigants.

Dans un fracas étourdissant, les navires s'entrechoquent, s'éventrent puis se disloquent tels de vulgaires jouets en bois, entraînant hommes et biens au plus profond des eaux, à une vitesse vertigineuse. Les eaux se teintent bientôt de rouge sur une large distance. Le sang de centaines d'hommes blessés et propulsés au fond de la mer teinte l'onde et sature l'air d'une insupportable odeur ferrugineuse. À perte de vue, les débris de matériaux et de corps entremêlés jonchent la surface des flots et sont, en partie, charriés par la houle des vagues vers les côtes du Knoryl.

La reine et ses suivantes sont couchées à plat ventre depuis un moment déjà. Dès lors qu'elles ont compris la teneur du spectacle qui a commencé à prendre forme sous leurs yeux, elles se sont levées et se sont éloignées du bord du plateau, sans rien perdre du drame qui se déroule au loin. Elles sont là, aux premiers rangs, observant avec effroi et résignation le sort dorénavant réservé à ceux qui oseront venir les attaquer sur leurs terres. Le message du dieu des eaux est très clair : nulle indulgence ne sera accordée à ceux qui voudront s'en prendre à ses protégées dans son propre rayon d'action et bien au-delà.

Les amazones se relèvent et se dirigent à pas vifs vers la cité, dès que le vent retombe et que plus un seul navire ne tangue à l'horizon. Les plages du Knorylsea ainsi que celles des autres cités du royaume sont noires de monde. Les îliens y ont massivement accouru, assez tôt, au signal des éclaireuses annonçant la présence suspecte de plusieurs navires au large. C'est donc sous les regards médusés des foules que cette stupéfiante démonstration de force de Jakul vient d'avoir lieu. À présent, toutes réalisent pourquoi Laskyl ne se montrait pas davantage émue en ce qui concerne les menaces de guerres pesant sur le royaume, selon les confidences de plusieurs voyageurs occasionnels. Elles comprennent aussi que leur reine a raison quand elle soutient que la protection du dieu des eaux leur est acquise.

Le disque solaire décline rapidement à l'horizon, à présent, annonçant la tombée prochaine de la nuit. Une jeune fille vient trouver la reine et les douze qui parlementent dans la salle du conseil à propos de cette tragédie.

« Hushka, nous venons de récupérer un survivant, mais il semble très mal en point. », leur annonce-t-elle d'une voix haletante.

- Qu'on le soigne du mieux que possible. Il faut absolument qu'il vive ! s'exclame aussitôt Laskyl.

- Il en sera fait ainsi, hushka, assure la messagère, tout en s'inclinant avant de se retirer de l'assistance.

Sept jours plus tard, la reine se rend au chevet du rescapé, qui ne peut toujours pas se mouvoir, mais il semble pouvoir s'exprimer de façon intelligible et audible.

« Homme, quel est ton nom ? », lui demande-t-elle, lorsqu'il a cessé de trembler comme une feuille à sa vue et qu'il s'est un peu calmé.

- On me nomme Poldjan, ma reine, murmure l'étranger d'une voix étranglée.

- Poldjan, explique-moi à présent pourquoi les tiens et toi aviez pris la mer dans le but de nous attaquer.

- Je n'en sais trop rien. Ce que je sais, c'est qu'il paraît que vous représentez une véritable menace pour nous tous et qu'il faut vous éradiquer avant que d'autres ne songent à suivre votre exemple, en se rebellant contre l'ordre des choses.

- Et, à présent, que pensez-vous de cette affirmation… ? lui demande encore Laskyl, en essayant de le forcer à soutenir son regard. L'homme détourne délibérément la tête, ne pouvant fixer la reine des amazones des yeux, sans se remettre à trembler. Puis, il ose une réponse qui semble tellement lui coûter plus par l'ampleur de ce que révèle sa réponse que par peur de ce qu'on en pensera :

- Je sais maintenant qui vous êtes… !

- C'est-à-dire… ? insiste la reine.

- Je veux dire qu'on aurait tort de chercher à venir livrer combat chez vous.

- Et pourquoi donc ?

- Parce que, parce que…parce que les dieux sont avec

vous, réussit à balbutier le malheureux, au bord de l'évanouissement.

- Bien ! Maintenant que tout ceci est clair dans ton esprit, tu retourneras vers les tiens, dès que tu seras en état de le faire, par le prochain bateau qui pourra te transporter, et tu délivreras ce même message aux tiens ! En attendant, sois le bienvenu dans notre royaume et apprécie notre hospitalité. Vois et témoigne fidèlement ensuite de ce que tu auras appris. Nous sommes aimables envers ceux qui nous respectent mais impitoyables pour ceux qui pensent pouvoir nous écraser, précise Laskyl avant de se retirer.

Conformément à la volonté de la reine, le survivant rejoint les siens, dès que l'opportunité se présente. Il confie ce qu'il a vécu à l'équipage du navire à bord duquel il voyage, puis à ceux de son peuple, une fois rentré chez lui. Le bruit se répand rapidement dès lors concernant la nature invincible des amazones du Knoryl, qui jouissent à n'en point douter de l'appui des dieux.

Les amazones se préparent à affronter des temps sombres et tumultueux. Y survivront-elles ? Que deviendront-elles et que nous reste-t-il d'elles à ce jour ? En attendant, elles préparent la première escapade rituelle au cours de laquelle la reine recevra Jakul, son divin époux, sur son navire, en pleine mer, tandis que de nombreuses amazones se feront féconder par des hommes consentants, minutieusement sélectionnés, dans les contrées où on leur fera bon accueil. Autrement, il leur faudra faire des captifs, le temps d'obtenir satisfaction à ce sujet, afin de perpétuer la race des amazones. Seuls les hommes vigoureux, de belle carrure et présentant une fière allure seront autorisés à partager l'intimité des femmes-guerrières lors des rencontres festives qui seront organisées à cette fin.

www.ingramcontent.com/pod-product-compliance
Lightning Source LLC
LaVergne TN
LVHW091146080826
845145LV00008B/2279

9782363311467